#otuzundansonra

TUBA EZİCİ

OLİMPOS®

OTUZUNDAN SONRA
Tuba Ezici

Redaksiyon: Kader Gül
Son Okuma: Zeynep Dilan Kara
Kapak Tasarımı: Sevil Şener

1. Baskı: Ocak 2018
ISBN: 978-605-2063-36-1

OLİMPOS YAYINLARI
Maltepe Mah. Davutpaşa Cad. Yılanlı Ayazma Yolu No:8 K:1 D:2
Davutpaşa / İstanbul
Tel: (0212) 544 32 02 (pbx) Sertifika No: 13718
www.olimposyayinlari.com - info@olimposyayinlari.com

Genel Dağıtım: YELPAZE DAĞITIM YAYIN SANAT PAZARLAMA
Maltepe Mah. Davutpaşa Cad. Yılanlı Ayazma Yolu No:8 K:1 D:2
Davutpaşa / İstanbul
Tel: (0212) 544 46 46 Fax: (0212) 544 87 86
info@yelpaze.com.tr

Baskı: Ezgi Matbaacılık San. Tic. Ltd. Şti.
Sanayi Cd. Altay Sk. No:10 Çobançeşme/Yenibosna/ İstanbul
Tel: 0212 452 23 02 Sertifika No: 12142

#otuzundansonra

TUBA EZİCİ

OLİMPOS®

Benim hikâyem de 30 Nisan gece yarısı başladı. Hayatımın değişeceği dakikalara girmişim meğer. Çocuklarımın babası yine bir iş yemeğindeydi o gece. İki çocuklu, mutlu, kendi hâlinde yaşayan, sıradan evlik yaşayan bir aileydik.

Gece çocukları yatırmıştım, ben de yeterince günün yorgunuydum zaten. Işıkları kapattım, yatağıma uzandım. Amacım uyumaktı ama bir türlü uyku benimle değildi. Biraz oyalandım yatakta ama olmadı, bir türlü uyuyamadım.

Kalktım, neden bilmiyorum, ışıkları yakmadan mutfağa doğru yürüdüm gecenin karanlığında. Camın önünde bir sigara yaktım ve bir şey, bana kafamı kaldırarak dışarı bakmamı söyledi âdeta. Kafamı kaldırdım ve camdan dışarı baktım. İşte, o an! İşte, tam o an, hayatımın altüst olduğu andı çünkü çocuklarımın babası ve arkadaşım dediğim, hemen hemen her gün evime girip çıkan kadın karşı binaya giriyordu. O an gözlerime inanamadım. Yanlış gördüğümü düşündüm, benzettiğimi düşündüm; konduramadım belki de. Aslında biliyordum onların olduğunu ama olmaması için kendimi ikna etmeye çalışıyordum.

Düşüncelerim durmuş, ellerim buz kesilmişti. Camın önünde öylece yığıldım yere, binanın girişine kilitlendim ve o an dostum dediğim can arkadaşımı aradım. Saat gece 01.00 olmuştu. Neler gördüğümü anlattım. Bana sürekli emin olup olmadığımı soruyordu. Ben ise bilmiyorum, diyordum. Beni yanlış gördüğüme inandırmaya çalışıyordu ama nafile, ben göreceğimi görmüştüm. Elimde telefon, telefonun diğer ucunda arkadaşım, gözlerim karşı binanın kapısında. Öylece dizlerimin üstüne çökmüşüm. O kadar duygusuz, o kadar şaşkın... Ne yapacağımı bilmez hâlde... Saatlerce bekledim. Neyi mi bekledim? O adamın binadan çıkmasını. Onun, çocuklarımın babası olmadığını gözlerimle görmeyi bekledim, maalesef oydu. Binadan tek başına çıktı ve sakladığı arabasına doğru tedirgin adımlarla yürüdü. Bir süre oyalandıktan sonra her şeyden habersiz çaldı kapının zilini. Kapıyı açtım, şöyle bir süzdüm baştan aşağı; üstünü başını toparlamamıştı bile. Beyaz gömleği üstünde darmadağınık duruyordu. Şapşal bir gülümseme vardı yüzünde. Arkamı döndüm ve mutfağa doğru ilerledim. Oturdum, bir sigara yaktım. Anlamıştı bir şey olduğunu: "Hayırdır?" dedi sadece.

"Nereden geliyorsun?" dedim.

"Nereden geleceğim, yemekten geliyorum tabii ki de!" dedi yüksek bir ses tonuyla.

Sanki üste çıkmak için hazırda bekliyordu. Ne gördüysem söyledim yüzüne patır patır. Şoka girmişti aslında ama belli etmemeye çalıştı. Önce inkâr etti binaya girişini, saçmaladıkça saçmalıyordu karşımda. Sonra "Evet, bendim!" dedi, kadınla birlikte iş yemeğine gittiğini söyledi. Çünkü kadın onun çalışanıydı. Yemek dönüşünde sadece masumca bir kahve içildiğinden; kadının, kendisini eve davet ettiğinden bahsetti. Ama evli bir adamın, gece yarısı yanında çalışan bir kadının, karısının arkadaşının evinde ne işi vardı? Hiçbir anlattığı beni sakinleştirmiyordu. "Defol git bu evden!" dedim ve o an yapacak hiçbir şey olmadığını anladığından evi terk etti. O gece sabah hiç olmadı, saatler hiç geçmedi, karanlık hiç aydınlanmadı sanki. İş saati yaklaşmıştı artık. Kalktım bir duş aldım ve giyindim çünkü ben de onlarla aynı iş yerinde çalışıyordum. Hiçbir şey yokmuş gibi saat 08.30'da iş yerindeydim, henüz kimse gelmemişti. Bir kahve ve üç sigara içtim aç hâlde. Bu, yıllar süren alışkanlık oldu o günden sonra. Ve çocukların babası gelmişti. Bana görünmeden odasına girdi. Aradan 5 dakika geçtikten sonra kadın da geldi. Yine şoktaydım. Nasıl gelebilmişti? Nasıl bakabilecekti yüzüme? Ama insanlar yüzsüz, utanmazdı. Bunu da o gün anlamıştım. Beni odasına çağırdı çocukların babası ve ardımdan kadını çünkü gece her şeyi planlamışlardı... Kadın geldi, oturdu karşıma; çok tedirgindi. Çok net görebiliyordum. Elleri titriyordu, sanki yüreği yerinden çıkacakmış gibi nefes alıyordu. "Evet, anlat." dedi kadına. Kadın, dün gece eve kahveye davet ettiğini, masumca bir şey olduğunu, kendisini nasıl bu tarz bir şeyle suçladığıma inanamadığını söyleyip durdu. Yüksek sesle anlatıyordu, sesi çatallı çıkıyordu çünkü kendini kontrol edemiyordu. "Ne zırvalıyorsun?" dedim pis bir gülümsemeyle. "Şimdi, hemen pılını pırtını toplayıp defoluyorsun buradan!" dediğimi hatırlıyorum sadece, o günün sonrasını maalesef hatırlamıyorum çünkü kendimi kaybetmiştim. Ne varsa yakıp yıkmıştım. O gün, gerçekten, benim için çok büyük bir yıkımdı. Çünkü hiç beklemediğim bir şeyle karşı karşıyaydım. O günü öyle, yıkık dökük atlattım.

Ertesi gün daha da yıkıktım ama bilincim yerindeydi. Çok hırçındım. Canlarını yakmak istiyordum, kadını sürekli taciz edip ona saydırmanın peşindeydim. Ne yaparsam yapayım, içimdeki o yanan şeyi söndüremiyordum.

Böyle, bu hislerle günler geçti. Ailem yanımdaydı ve güya desteklerdi bana ama yaşadığım şeyin benim için ne kadar önemli bir şey olduğunun pek de farkında değillerdi. Babam, bir erkek olarak, bunun bir hata olduğunu, affetmem gerektiğini söyleyip duruyordu. Annem ise anaç bir kadın olarak yaklaşıp, sürekli çocuklarımı öne sürüp "Yazık bunlara..." diyordu. Duygularımla oynanıyordu. Çocukların babası ise sürekli yeminler ediyor, inkâr edebildiği kadar inkâr ediyordu yaşananları. Sanki o an, herkes, benim duygularım dışında her şeyi düşünüyordu fakat kimse, bu durumda ne hissettiğimi anlayamıyordu.

Üniversiteden avukat olan yakın bir arkadaşımı aradım. Neler yaşadığımı bir bir anlattım ağlayarak. O da şoktaydı çünkü kimsenin beklediği bir şey değildi bu, o adamdan. Beni sakinleştirmeye çalışıyordu, işi gereği yapması gereken konuşmaları yapıyordu. Sakin olmamı söylüyordu ama ben olamıyordum maalesef. Her hırslandığımda telefonla arayıp hakaretler yağdırıyordum o adama. Böyle, günler hatta aylar geçti. Artık yaşananları kabullenmiştim ama o, hâlâ inkâr ediyordu sonuna kadar. Çok fazla baskı vardı üstümde ailem tarafından hatta beni karşılarına almayı bile göze almışlardı. Bir karar vermiştim; eninde sonunda boşanacaktım ama şimdi değil. Devam ettirmeye karar verdim geçici olarak fakat içimden gelerek değil. Ortam baskısıyla verilmiş bir karardı, bunu çok net biliyordum. Bu arada kadını çok rahat bırakmıyordum, sürekli taciz ediyordum ta ki bir gün bana dönüş yapana dek. Artık gerçek yüzünü göstermişti, böyle devam ederse benden şikâyetçi olacağını söylemişti. O gün bıraktım onun peşini. Oysaki korkmamıştım ondan; sadece onun seviyesine indiğimi, bunun bana yakışmadığını düşünmüştüm.

Artık aynı evin içerisindeydik çocukların babasıyla. Âdeta iki yabancı gibi... Çok zordu çünkü çocukları da düşünmem gerekirdi. İkili oynuyordum. Günler geçtikçe kendime de yabancılaşmıştım. Çok fazla alkol alan biri değildim aslında ama bu yaşananlar alkol tüketimimi arttırmıştı. Bir yandan batıyordum bir yandan da kendimi iyileştirmenin yollarına başvuruyordum. Bir psikiyatr ile seanslara başladım. Toparlanacaktım tekrar, ayağa kalkacaktım. Aylarca devam ettim seanslara fakat evde problem olmaya başlamıştı bu durum, seansların bana iyi gelmediğini düşünüyordu çocukların babası, buna sebep olarak da evde hiçbir şeyin iyiye gitmemesini gösteriyordu.

Evliliğimiz eskisi gibi değildi artık. Sürekli kavga çıkıyordu, geçmiş konuşuluyordu. Ve yine evleri ayırma kararı alınmıştı. Ailem yine ortaya çıkmıştı, yine baskılar başlamıştı. Ben, sürekli avukat arkadaşımla konuşup bu işten nasıl sıyrılacağımı konuşuyordum, bir yandan da o günlerde o kadınla neler yaşadığını merak edip sürekli bir şeyler araştırmaya, bulmaya çalışıyordum. Avukat arkadaşım ise "Eğer deşersen bu olayı çok pislikle karşılaşırsın ve çok üzülürsün. Bence burada bırak." diyordu. Ama hiç dinlemedim. Otel kayıtları, telefon kayıtları hatta kredi kartı harcamalarını bile... Her şeyi biliyordum haklarında. Onun da inkâr edecek bir durumu kalmamıştı artık, her şeyi itiraf etmişti sonunda. Boşanmak istediğimden emindim ama bir şey beni tutuyordu, bir türlü adım atamıyordum. Avukat arkadaşıma boşanma protokolünü hazırlatmıştım bile. Ne kadar adım atamasam da bu bir başlangıçtı benim için. Bir gün, çok şiddetli bir kavgadan sonra protokolü koydum önüne:

"İmzala!" dedim. Çok sinirlenmişti.

"Asla!" dedi.

Olaylar yine alev almıştı, ortalık yine karışmıştı ama maalesef yine bir arada, aynı evin içindeydik. İşkence gibi gelen günler yeniden başlamıştı benim için. Evin içerisinde yaşananlar gerçekten de çok çekilmez bir hâl almıştı artık çünkü adamın her hareketi çok çirkin geliyordu bana. Günlerden bir gün gene şiddetli bir kavgayla baş başaydık ama bu sefer çocukların gözlerinin önündeydi maalesef. Onlarda şaşkındı olanlara. Bir şeylerin düzgün gitmediğinin farkındaydılar ama ne olduğunu anlayamıyorlardı çünkü daha çok küçüklerdi. O gece ağlaya ağlaya uyumaya çalıştım. Ruhum ve bedenim o kadar yorgundu ki sabaha karşı sızmıştım. Birkaç saatlik uykudan sonra çocuklarımın yanında açtım gözlerimi. Salona doğru yürüdüm ve masanın üzerinde hazırlattığım boşanma protokolünü üzerinde bir kalemle gördüm. İmzalamıştı. Hiç şaşırmamıştım gerçi. Birkaç dakika durakladıktan sonra katlayıp sakladım protokolü ve dün gece hiçbir şey yaşanmamış gibi hayatıma oracıkta, kaldığım yerden devam ettim. O gün de benim için bir dönüm noktası olmuştu. Yine bir şeylerin başlangıcıydı. O da hiçbir şey yokmuş gibi eve geldi ama biraz daha farklıydı çünkü imzalamasına rağmen harekete geçmemiştim. Bu ona güç vermişti, hissediyordum. Tam 3 ay daha aynı evde soluk aldık. Bu 3 ay boyunca sürekli "Protokol orada, imzalı!" diyerek psikolojik baskı uyguluyordu bana. Ama ben harekete geçmeyi hiç düşünmüyordum. Bir şeyi bekliyordum ama neyi, bilmiyordum. Meğer benim son kalan sabrımı tüketiyormuş. O son gece yine bir tartışma... Sonunda gittim yanına ve "Ne olacak bu bizim hâlimiz?" dedim. Dönüp bana kendinden çok emin bir tavırla:

"İmzalı kâğıt orada, ne yapmak istersen onu yap!" dedi.

"Peki!" dedim.

Ama o pekinin ardında çok şey vardı aslında. Gittim ve çocukların yanında gözlerimi kapayıp uyudum. O gece güzel bir uyku çektim. Sabah uyandım, duş aldım ve güzel bir kahvaltı ettim. Giyindim, arabama bindim ve adliyenin önünde indim. Bir anda kendimi adliyenin koridorunda yürürken buldum ve imzayı atıp protokole boşanma davası için başvurdum. Sanki dün aldatılmıştım ve bugün adliyedeydim. Sanki aldatılmamın üzerinden 17 ay geçmemişti. Bir ay sonrasına verdiler dava tarihini. Hafiflemiştim sanki. Artık, tamamen yeni bir yola çıkmak üzereydim. O bir ay geçmez sanıyordum ama çok çabuk geçmiş, mahkeme günü gelmişti. O gün mahkemede kendimden çok emindim ve kendimi çok güçlü hissediyordum. Çocukların babasıyla sabah saat 09.00'da buluşup yan yana yürüdük. O bitik hâldeydi çünkü hiç istemiyordu boşanmayı ama atmıştı bir kere o imzayı, pişman olsa da olmasa da atmıştı o imzayı. Mahkeme günü, o bir ay, çabuk gelmişti ama adliyede içeri girme sırası bir türlü gelmiyordu. 20 dakika, sanki o geçen bir ay gibiydi. Ve nihayet sıra bizdeydi! İçeri girip çıkmamız tam yedi dakika sürmüştü. Yedi dakikada 13 yıllık bir beraberliğe son verilmişti. Yüzümde ufakta olsa tatlı bir tebessüm vardı; onda ise acı, şaşkınlık...

Hiç konuşmadan, iki yabancı gibi adliyenin çıkışına doğru yürüdük ve arabalara binip, arkamıza bakmadan oradan uzaklaştık. Yakın bir arkadaşımda aldım soluğu. Kapısını çaldım, beni bekliyordu zaten heyecanla. Kapı açıldı, hafif bir gülümsemeyle içeri adım attım. "Gel buraya." dedi kollarını açarak, sarıldı ve işte o an, oracıkta yığılı verdim yere ağlayarak. O son ağlayışımdı yaşadıklarım için. Bir daha asla ağlamadım o günler için. Bitirmiştim, gururum artık özgürdü. Kadın olduğumu hissetmiştim nihayet. Sonunda mutlu, huzurluydum. Daha da güçlü olmalıydım bundan sonra. Beni kolay şeylerin beklemediğini biliyordum ama güveniyordum kendime ve o günden sonra asla arkama dönüp bir kere bile "Ben ne yaptım?" demedim.

Kadın olmak zormuş, yüksek bir yerden itilip betona çakılmak ve her yerin kırık dökük ayağa kalmak çok zormuş. Güvendiğin dağlara kar yağması böyle bir şeymiş. Hiçbir zaman yaşamam dediğin şeyleri yaşamak hele... Çok ağırmış. Güvenmek, sonsuz güvenmek ve o güvendiğin kişinin seni arkandan bıçaklaması; işte en acısı da buymuş dostlarım. Her şey güzel giderken, pardon, gittiğini sanırken hayatının bir gece altüst olması yıkımın en kötüsüymüş. Kocam dediğin adamı, arkadaşım dediğin kadınla sarmaş dolaş görmek yıkımın en kötüsüymüş. Gördüğün yerde öylece saatlerce kalakalmak, ne yapacağını bilememek... Haykırsan kimse duymayacakmış gibi, sussan nefes alamayacak gibi hissetmek; gerçekten acı veriyormuş. Uykularının kaçması sonra "gitsen mi, kalsan mı?" hâlime "ağlasan mı, gülsen mi?" kararsızlığı; asla bilemediğin, içinden çıkamadığın karanlık bir yol. Bu yolda defalarca, tekrar tekrar düşmek ve ayağa kalkmak; şu anki yorgunluğumun sebebiymiş meğer. Bu hayatta aslında tek olduğunu bilmek, kendinden başka dostunun olmadığını öğrenmek, kimseye güvenmemen gerektiğini bilmek; artık beni koca bir kadın yapmış oysaki.

Otuzundan Sonra

İnsan otuzundan sonra olgunlaşırmış. Tüm yaşadıklarım bana bunu çok güzel öğretti hem de hazmettirerek. Salak yerine konulmak, acı çekmek, güvenmek, inanmak, sevmek, aldatılmak, yıpranmak, ağlamak ve hepsini dibine kadar yaşamak... Şimdi hatırlayınca; yaşadıklarıma ufak bir tebessüm etmek ve önüme bakıp aydınlığa doğru yürümek paha biçilemez bir şeymiş. Aslında bunu yaşayan tek kadın olmadığımı bilmek ve bununla yaşamaya mecbur kalmış bir kadın olmak; bir adım atacak gücünün olmaması, işte bu da bir diğer can acıtan kısmı. Ben bunun adına aslında "gurur" demek isterdim ama diyemiyorum maalesef. Güçlü olmak, demek daha doğru sanırım. Hayatın önüne getireceği zorluklara göğüs germek ya da... Bu gücü kendinde bulamayanlar, maalesef, kendini o hayata mahkûm etmiş kadınlardır. Keşke her kadın kafasının dikine gidip bildiğini okusa, kendisine yapılan haksızlıklara karşı çıkabilse ama maalesef her kadının yolu, çizgisi farklı oluyormuş.

Yorgunum. Hiçbir şey düşünmeden kapına gelmek istiyorum. Sana olan sevgimi anlatıp yüzümü avuçlarının arasına bırakmak istiyorum. Ben, senden kaçtıkça her yolun sana çıkmasından yorgun düşen kalbime de kızıyorum. Elimi yavaş yavaş sol tarafıma götürüp "Seveceksin kadın bu adamı, atacaksan bu adam için atacaksın!" diyorum. Yorgunluğum seni sevmekten değil, içime bu kadar işlediğin hâlde içimi sana dökememekten. Ama seni sevmek bir mucize gibi. Düşününce seni; hem deliler gibi acı çekiyorum hem de umutla doluyorum. Belki bir ipte iki cambaz oynamıyor ama o ipte çaresizlikle umut güzel güzel ilerliyor.

Seni kimseye anlatmak istemiyorum. Kimisi kıskanacak, kimisi kızacak; unutmam için sürekli teselli etmeye çalışacaklar. Oysa ben, seni unutmak istemiyorum ki. Sen, beni dinlendiren en güzel yorgunluğumsun.

Otuzundan Sonra

Kalbimi sıkıştıran bir hüzünle uyandım bu sabah. Sigaradan grileşmiş perdemi açıp senin bıraktığın nefesi çekiyorum ciğerime. Belki de göremeyeceğim gülüşünü düşünüp öyle başlıyorum yeni güne. Seni seviyorum. Seni sevmeyi seviyorum. Ansızın aklıma gelişini, nedensiz gülüşlerime sebep oluşunu seviyorum. En çok da imkânsızlığını…

Yüzümdeki sahte mutluluğu insanlara inandırmak çok zor oluyor biliyor musun? Yolda yürürken boş boş bakan gözlerimi fark edecekler, diye ödüm kopuyor.

Sen, benim en güzel çaresizliğimsin. Farkında olmadan beni mutlu ediyorsun. Bazen küsüyorum sana farkına varmadan ama hemen affediyorum. Sen, küsülemeyecek kadar güzel sevilmelisin, diyorum. Sen, benim içimde kalan en muazzam hevesimsin. Deli bir kadın olsam da seni çok uslu seviyorum.

Sana geldim. Tüm yorgunluğumu bir kavanoza koyup, koşarak sana geldim. Hiç konuşmasan da olur. Biz, bakışarak da anlaşırız. Sen, hep gülümse mesela. Gülümse ki içimdeki yangınlara buz parçaları serpilsin.

Sana geldim. Sonu yok diyenlere inat, başlangıçları ateşe verip geldim. Her gece başımı yastığa koyup seni hayal etmeyi seviyorum. Bir adam ne kadar çok sevilebilirse o kadar çok seviyorum seni.

Seni düşününce düşüncelerimin birbirine düşmesini seviyorum. Sana koşarak dinleniyor kalbim. Ara sıra yorulmuyor değilim, dağılıyorum hatta. Omuzlarıma dağılmış saçlarıma dokunma ihtimalin toparlıyor beni. **Çaresizlik hiç bu kadar umut dolu olmamıştı.**

Belki, bir nebze de olsa silinirsin diye kitaplar okudum fakat hiçbirini bitiremedim. Gülmek için izlediğim her sahnede üzüldüm ben.

Bugün, yine seni düşünerek bitirdim günü. Ağladığımı görmesinler diye geceyi bekliyorum. Gözlerimden yüreğime akan gözyaşlarımı gizlemek zorunda kalmak meğer ne kadar da zormuş. Bak, bugün Ferhat'ın deldiği dağı gördüm, biliyor musun? Yanımda hayretle bakan insanların hâline güldüm ve geçti içimden o umut dolu hisler, "Bilsem ki bir parça sevme ihtimali olacak, ben daha fazlasını delerim." Sanırım delirdim. Merak etme, anlatmadım kimseye. Seni hayal etmek öyle herkese anlatılacak şey değil.

Ama zor geliyor senin bana gelmemen. Coşup coşup sende dinleniyorum, sende duruluyorum. Sana kuruyorum hayallerimi, sabah alarmımı. İçime işleyen adam, nasıl bana bu kadar uzaksın, aklım almıyor! **Çaresizliğime çare olma ihtimalini seviyorum senin**.

Günaydın canım, kalbime en çok yakışanım! Gün daha aymadı biliyorum ama seni düşünmek ve senli hayaller kurmak için erkenden uyandım. Saat sabahın beşi. Balkona geçtim sessizce, annem uyanmasın diye. Çok üzülüyor diye belli etmiyorum hüzünlerimi ona. Ellerimi buz gibi mermere koyup günün doğmasını bekliyorum. Birkaç saat sonra uyanacaksın ve karşılaşma ihtimalimiz olacak belki. Düşünceler gelip giderken zihnimden, annemin mutfağa geçtiğini duyumsadım. Çok geçmeden elinde kahve ve sigarayla geldi yanıma ve elindekileri bırakıp gitti. Bir şey demedi. Bir şey derse yarama dokunacaktı çünkü. Beni en iyi annem anlıyor, bunu da bu sabah anladım. Seni artık anlatmıyorum ona. Aramızda kalsın ama bazen kızıyormuş sana, öyle dedi kuşlar. **Bak adamım, annemin beni sevdiği gibi seviyorum seni.**

Seni görmek umuduyla, geçme ihtimalinin olduğu bir yere yerleştim. Bu sabah umutla uyanmıştım çünkü karşılaşma ihtimalimize dair bir his vardı içimde. Öyle de oldu. Çok uzaktan izlemeye başladım gelişini. Ama bir görsen elim ayağım birbirine dolaşmış. Yanımdan geçişine dayanmadı içim. Hep böyle geçip gidecek misin? Hiç mi takılmayacak bakışlarımız birbirine? Çoğu kez sana yanlışlıkla çarpıp o bahaneyle sesini duymayı düşündüm ama vazgeçtim.

Kızıyorum kendime, cesaretsizliğime. Bazen diyorum: "Çık karşısına, seviyorum de!" Ah, şu korkak kalbim seni severken korkmuyor da karşına çıkmaya korkuyor işte! Her şeyden habersiz etrafa saçtığın gülüşünden öpüyorum seni.

Senin benden başka
gülümsediğin kadınlar var.
Ve bu durum hiç hoşuma gitmiyor.

Ben, benim olmayacak gülüşlerini sevdim evvela. İçime ansızın düşen düşlerini sevdim. Bu yüzden anlatamadım kimseye. Ama anlatamadıklarımla doldu içim, dışım ve gözlerim. Geçen gün yolda yürürken sana benzeyen bir adam gördüm; kiminin duruşu, kiminin boyu, kiminin saçları seninle aynıydı. Lakin hiç kimsenin bakışı senin bakışın gibi değildi. Bazen rüyama girersin diye heyecandan uyuyamıyorum. Sen, mavi düşlerimin karanlık yanısın. Cesaretimi toplayıp çıksam karşına, acaba dağıtır mısın beni? Yoksa sarılır mısın yaralı tarafımdan? Bazen sana çok ihtiyacım oluyor. Hüzünlerimden sevilmek istiyorum. Bir türkü eşliğinde bana eşlik etsin sesin. Pencereme konan kuşları birlikte izleyelim, bulutlara çıkalım bir bahar sabahı.

Sen, nasıl sevildiğinden bihaber, hiç sevilmediğini düşünürken kendime daha da kızıyorum. Sanki benimmişsin, söylersem kaybedecekmişim gibi. Uzaktan sevmelerim var bir de. Uzaktan izlemelerim… Sanırım bunları da kaybedersem sana gelemeden kendimi kaybederim. Ama zor, zor hiçbir şey olmamış gibi devam etmek. Bakkala giderken, bir çocuk severken bile aklıma geliyorsun artık. Ve ansızın aklıma gelmelerini seviyorum. "Deli misin sen?" diyenlere seni anlatamamak aşkın en çaresiz evresi olsa da bir gün anlatacak olmanın verdiği umut var göğsümde.

Belki de mümkün olmaman bu kadar derinden kanatıyor yaralarımı. Belki de gülüşünün ardındaki hüznün... Kimseye anlatamadığın acıların var sanki. Ansızın gökyüzünde kara bulutların belirdiği gibi içim, kararınca senin de bir yerlerde üzüldüğünü hissediyorum. Ne çok isterdim yarana merhem olmak, gülüşüne sebep olmak. Soğumuş çayımı yudumlayarak... Ama en acısı da ne biliyor musun? Sevilmekten konu açılsa ne kadar çok sevildiğini bilmeyeceksin. Dışarıda bir kaldırıma oturmuş hâlde yağmur altında seni düşündüğümü ve hasta olduğumu bilmeyeceksin.

Seni düşününce zihnimde açan çiçeklerden hiç haberin olmayacak senin.

Adını bu kadar unutmaya çalışırken senden vazgeçememek hayatın en kötü sınavı. Hiçbir zaman bilmeyeceğin, başkasından duyunca hayran kalacağın bir aşk besliyorum sana. Her zaman acı hissettim senden yana ve sen bunu hiç hissetmeyeceksin. Ama sen, ne yaparsan yap, kalbimin her zaman en güzel yerine sahip olacaksın. Sen, beni en çok kıran, kıyamadığım kırgın yanımsın. **Sen, bana tüm anılarımı unutturan en büyük acımsın**. Can dostum geldi odama yine. Etrafı toplar gibi yapıp konuştu kendi kendine. Tam kapıdan çıkarken:

"Bir yaranın üzerine ne kadar düşersen o kadar büyür ve kanar yaran." dedi.

Haklıydı da. Lakin ben, seni sevmeyi seviyorum. Senli günler düşleyip düşsem de yaraların içine, içimi içime sığdırmayan bir şeyler var sende.

Genç adam savaşıyordu hayatla. Günler o kadar hızlı geçiyordu ki erteliyordu her şeyi. Hayata dair tüm güzelliklere gıpta ile bakıyor ama uzatamıyordu ellerini ona. Ekonomik mücadelenin ağırlığı, toplumsal tüm yargıların etkisi ile birleşince yaşadığının farkına bile varamıyordu. İçinde yaşıyordu sevgisini, heyecanını; zamanın acımasızlığı ile baş edemiyordu.

Evliydi, çocukları vardı. 12 yıl olmuştu evleneli. Kendini o kadar çok kaptırmıştı ki hayat mücadelesine, çocuklarının büyüdüğünü bile hissedemeden gelip geçiyordu zaman. Sorumlulukları ağırdı genç adamın. Kendi ailesi de haksızlık ediyor, yükleniyordu ona. Sevdiği kadının yanında olması gerektiğini düşünerek ailesini yok saymıştı. Ama ne kendi ailesi ne de sevdiği kadın anlamıyordu onu, belki de anlatamıyordu duygularını. Kendi dünyasında çırpınıyordu.

Aylar ayları, yıllar yılları kovalıyor; hayata dair her şey çabucak tükeniyordu. Paylaşımlar azalıyordu gün be gün. Eşinin bencil tavırları onu daha da zor bir hayata sürüklüyordu. Ama bu günlerde geçecek, diye ümit ediyordu genç adam. O, beni seviyor diye düşünüyor, bu fikirle yaklaşıyordu sevdiği kadına.

Uzun zamandır gerçek hayatın başlamak üzere olduğunu hissetmekteydi. Fakat her zaman yolunun üzerinde bir engel, öncelikle erişilmesi gereken bir şey, bitmemiş bir iş, hizmet edilecek zaman, ödenecek bir borç olmuştu. Sonra hayat başlayacak zannediyordu. Sonunda anlamıştı ki bu engeller onun hayatının ta kendisiydi. Bu durum tespiti ile kaçtı hep yaşadığı andan genç adam. Bir çıkış yolu bulamıyordu. Uğruna her şeyi feda ettiği insana yabancılaşıyordu sanki. Tırnaklarıyla kazıdığı bir hayatta tırnak kadar değeri olmadığını hissediyordu. Evliliği monotonlaşmıştı yani mutsuzdu. Sevdiği kadın, eşinin bu durumuna kayıtsız kalıyor, üstüne üstlük birde onu yok sayıyordu sanki. Bu durum böyle gidemezdi. Bu karmaşa, içerisinde büyük hatalara gebeydi ve hatalar peşi sıra geliyordu karşılıklı. Birbirlerinin gözyaşlarına sebep olduklarında hiçbir şey olmamış gibi davranıyorlardı. Yozlaşıyordu her şey göz göre göre; zaman, sevgi, saygı ve en çok da iyi niyet israf ediliyordu belki de hiç bilmeden. Bu genç yaşlarında içlerindeki nefsi söküp atamıyorlardı. Yaşlılıklarında o nefsin gölgesinde yatacaklarını düşünmeden birbirlerine ihtiyaçları olmadığını kanıtlamaya çalışıyorlardı ama ihtiyaçları olmadığını kanıtlamaya çalıştıkları şeyin en fazla ihtiyaç duydukları şey olduğunun farkında bile değillerdi. Yüksek ego, hayat tecrübesizliğinin azlığı ve cehaletin sürüklediği yer hiç düşünmedikleri ayrılığın ta kendisiydi. Karşılıklı düşünceler, duygular ve davranışlar onları yolun sonuna, sevgi ve saygının bittiği yere götürecekti. Akıl duruyor, kalp soğuyor, dil susuyordu; bir şey yapmalıydı. Genç adam bunu görüyor ama kendinden gün be gün uzaklaşan kadına sahip çıkamıyordu çünkü genç kadın da egosunun ve hırsının esiri olmuştu. Kalbine pişmanlık ağacının dikileceğini bile bile vücut tarlasını nefsinin arzuları ile suluyordu. Ve genç kadın gitti bir meçhule doğru. Genç adamın ellerinden uçtu ve gitti…

Zor olanı sever kadın, zor olan ne varsa takılıp kalır orada. Ondandır bu zor günler. Hani diyorsunuz ya "Kadınları anlamak zor." diye, aslında kadınları anlamak kendinizi anlamaktan daha kolay. Bir kadın anlaşılmayı bekler; saçlarının okşanmasını, ansızın gelen çiçek kokulu gülüşleri sever. Haklı ya da haksız durumdayken sevdiği adamdan şefkat bekler. Kendisine zulmeden, sevgisini görmezden gelen bir adama kim sabredebilir ki? Bir kadın kaybetme korkusunu asla yaşamak istemez. Ne zaman bu his düşse kalbe, yerli yersiz kavgalar kapıda bekler durur hep. Ama kadın bu, yanılmaz. İhanete uğramaktan korkan her kadının kalbi ihanete uğramıştır. Eğer açmışsa sana kalbinin kapılarını sorgusuz sualsiz, ilgi ve şefkatle sev o kadını!

Bir ahu gözlünün arkasından bakakaldı adam. Saçları salınıyordu zifir gibi giderken, bedeni ürkek adımlarla uzaklaşıyordu ince belli kadının. Adam ezberine almıştı bir kere onu, bırakır mıydı? Belki görürüm diye her gün aynı yerde kaldırım misali konuşlanıyordu. Şanslıydı çünkü iş dönüşü geçebileceği başka bir yolu yoktu kadının. Kararlıydı adam, tanışmalı, konuşmalıydı; sevmeliydi, uğruna her şeyi vermeliydi. Bu zamanın hisleri değildi belli ki. Âşıktı âşık olmasına memleketin en güzel kadınına ama adam evliydi. Lakin yemin etmişti; onunla aynı yolda yürüyecekti, ömrünü verecekti, aldığı her nefesi onun soluğunda alacaktı. Yarın geçti, dün koskoca bir kayıp, şimdi ise onun için en uygun zamandı. Bir akşam takıldı peşine, sokuldu arkasından, bir tur döndü çevresini. Korkmuyordu çünkü emindi sevgisinden. Kadın yine ürkek, koskoca bir sessizlikle koskoca bir bakış fırlattı adama. Adam titredi ve bir tur daha döndü dünyanın çevresini. Yoktu, "Yok böyle bir nazar." dedi. Yağ gibi eridi adam. Bir gülüş fırlatsa şimdi bana tüm evrenle kol kola gelirdim peşinden, dedi içinden. Dökülen yapraklar geri döndüler dallarına, arılar iğnelerinden vazgeçtiler. Bir çiçekten bal almak da neymiş! Güllerin dikeni batmaz oldu çünkü bülbüller de sustu bu aşka. Sıyrıldı adam hayallerinden: "İşte!" dedi gerçek var karşımda. Atıldı adam:

"Merhaba!" dedi sesinin en güzel tonuyla.

"Merhaba." dedi kadın şaşkın gözlerini yere dikerek.

Bakamıyordu adama, adım atamıyordu; acaba kalbi atıyor muydu? Tüm refleksleri çalışmaz olmuştu âdeta. Heyecan sarmıştı kaskatı kesilmiş vücudunu. Belki bir dokunsa ılık ılık sular akacaktı göğsünden, ısınıp yumuşayacaktı. İlk görüşte aşk! Adam ve kadın aşkın en açıklanamaz hâli ile karşılaşmıştı. Adını bile bilmiyordu. Bir merhabadan öte, sesinin mesaisi yoktu henüz kulaklarında. Fakat yıllardır tanıyorlardı birbirlerini de tesadüf etmemişlerdi sanki ve hayat onlara kavuşmaları için bir şans daha vermişti. Konuşmadan bir süre yürüdüler; adamın yönlendirmesiyle sessiz, loş, yalın bir kafeye oturdular. Yüzlerindeki salak gülümsemeler, gözlerindeki belli belirsiz düşüşler, kalplerindeki fırtına öncesi bir coşku zamanı durdurdu. Adam, yutkunarak:

"Sen kimsin?"

Kadın dedi:

"Ben..."

Adam güldü. İlk kez duymuştu böyle bir adı ve ilk kez görmüştü böyle bir güzel. Adam dedi:

"Ben de..."

Kadın gülümsedi. İlk kez duymuştu böyle bir adı ve ilk kez görmüştü böyle bir suret. Sonra hayatın getirdiklerinden bahsettiler, götürdüklerine sitem ettiler. İnsanların saçmalığından, doğanın güzelliğinden… Hiç susmadan konuştular saatlerce. Gece bitiyordu hızlıca. Birlikte uyuyamayacaklardı bu gece. Adam evliydi, kadın yalnız. Nereye gittiklerinden habersiz yürümeye başladılar. Ve kendilerini bir anda kadının evinde buldular. Sarıldılar, öpüştüler, seviştiler. Kadın mutluydu, adam ise tedirgin. Kadın gülüyordu, adamın yüzünde acı belirtiler... Kadın susmuyordu, adam sessiz. Bozacaktı sessizliğini bir gün. Doğru zaman var mıydı açıklamaları için? Yoksa yaptığı düpedüz yanlış mıydı adamın? Gece uyudu adam ama sabahı edemedi; kadının alnından sıcak bir öpücük aldı, evinin yolunu tuttu. Eve gittiğinde karısı uyuyordu. Sanki yatağında yalnızmış gibi yastığına sarıldı adam. Düşündü sabahlara kadar, âşık olmuştu. Karısını terk mi etmeliydi? Oysa evlenmeden önce karısına da âşık olmuştu. "Bu defa başka." dedi teselliyle, "Ayvayı yedin oğlum!" diye ekledi.

Sabah oldu, karısı uyanmadan uyandı ve kalktı yatağından. Uzun bir yürüyüşe çıktı yağmurun altında. Üşüyordu burnu. Kadını aradı, evli olduğunu söylemeye karar vermişti çünkü insan sevdiğini üzmemeliydi, dürüst olmalıydı, her şeyi göze almalıydı. Peki ya karısı? Her iki kadın için de en doğrusu gerçekleri konuşmaktı. Bir buluşma ayarladı kadınla. Kadın, adamın tedirginliğini hissetti buluştuklarında. Sıradan selamlaşmalarla başladı konuşma. Kadın, tam sokulacakken adama, adam birden: "Ben evliyim!" dedi koskoca sessizlikte. Kadın gülümsedi, şaşırmamıştı. Aslında gülümsemesinin ardında onlarca hakaret yatıyordu. Neden ile başlayan onlarca soru birikmişti boğazında. Çok satanlar listesine kitaplar yazacak sözler geçiyordu zihninden ama sustu. Sadece gülümsedi. Adam, bu sessizlikten korktu sonra anladı ki hakiki bir kadındı karşısındaki. Asla onunla birlikte olamayacağını anladı. Onur düşkünüydü bu kadın. Âşık da olsa; bir adamın yanlışı olmamalıydı ona. Kadın çantasını aldı, adamın gözlerine şefkatle bakarak uzaklaştı. Adam uzaklaşamadı kadından.

Bahar akşamları artık üşütmeye başlamıştı. Sevda'nın içindeki hisler daha soğuk hissettiriyordu belki de. Üzülmeli miydi kaybettiğine yoksa sevinmeli miydi? Düşünemiyordu. Karman çorman olmuş duygularının içerisinde kaybettiği enerjisini arıyordu. Uyuşmayı seven bir adam, her zorlukta dimdik ayakta duran bir kadına mı karşıydı bu defa? Seviyordu adamı, -ne yaparsa yapsın- henüz vazgeçmek zamanı değildi sanki. Mutluydu, gözlerinde mutluydu, sesinde... Ve huzurluydu kollarında. Onu tanıdığı ilk zamanlarda dünyadaki tek kadın gibi hissediyordu kendisini. Sanki hiç böyle sevilmemişti, sevişmemişti; adamsa sanki hiç sevmemiş gibi gitmişti. Anlamayı istese de anlayamıyordu, seven erkek hep yanında durmalıydı kadınının, dağ gibi olmalıydı. Duramamıştı çünkü gücü yoktu. Korkuyordu, dağ gibi hissettiği anlar kendini uyuşturduğu vakitlerdi. Kabullenmek ne zordu şizofren bir yoldaşı. Elindeki aşkı sanki uyuşturucuyla paylaşmıştı -hem de uyuşmayı hiç sevmediği hâlde- ona kurban vermişti erkeğini.

Günler günleri kovalıyor; bahar, yerini kışa bırakıyordu artık. Umutsuz günlerden biriydi yine, bir yemek daveti üzerine gitmişti o akşam oraya. Kalabalık bir grup arkadaş ile en büyük keyifleri olan rakı sohbeti edeceklerdi yine. Tanımadığı birçok insan vardı masada. Tanıştığında nereden bilecekti ki hayatının o kadar değişeceğini. Gözleri birbirine kilitlendi elleriyle birlikte, tek söyleyebildikleri:

"Merhaba, ben Sevda..."

"Merhaba, ben Deniz..." idi.

Masadaki herkesle sohbet ediyordu Sevda. Deniz'in tarafına dönüp bakamasa da gecenin uzun sürmesini istiyordu. Etkilenmişti belki de. Uzun zamandır çektiği acıları bir an için de olsa unutmuş, hissedemem sandığı duygularıysa sanki Deniz'in gözlerinden gelen ışıkla yeniden canlanmıştı. Rakısını yudumlarken hissetti yine o ışığı, yine bedeni sarmalanmaktaydı. Elinde olmadan gözleri kaydı. Ruhuna işleyen bakışlardan çekmeliydi gözlerini, koşarak kaçmalıydı. İçindeki aldatıyordu, ihanet ediyordu hâlâ sevmekte olduğu adama. O bakışlara bile layık görmüyordu kendisini çünkü sevdiği adam onu sevdiği müddetçe değerliydi ve onun sevgisinden yoksun olduğunda hep değersiz hissediyordu kendisini. Deniz ilk hamleyi yaparak:

"Ne iş yapıyorsun?" diye sordu.

Ressamdı Sevda, çok sevdiği okulu Mimar Sinan'dan mezun olurken hiç kopmak istemeyeceğini anladı ve şimdi, çok sevdiği ressamlığı öğretiyordu öğrencilerine. Babasından kalan, kendine ait, iki odalı bir evin büyük odasıydı çok sevdiği atölyesi. Kendini en mutlu hissettiği yerdi o oda. Resim yaparken dünyayla ilişkisini keser, tüm duygularını tuvallere dökerdi sonra da sanat atölyelerine ve sergilere...

Deniz, tebessümle baktı gözlerine, belki de hiç alakadar olmadığı sanatın, bir kadına ancak bu kadar yakışabileceği fikrindeydi.

"Sen ne iş yapıyorsun Deniz?" dedi Sevda.

"Ticaretle uğraşıyorum, al-sat, benim işim sana çok uzak."

"Niye uzak olsun? Neden öyle düşünüyorsun?" Kendisine uzak olması mı korkutmuştu Deniz'i? Ne uzaklıkları yakın etmişti Sevda eski aşkında, ne uçurumlara köprü olmuştu.

Uzunca sohbetler edildi o gece, birbirine çok uzak hisseden iki insan belki de hiç ummadıkları yakınları bulmuşlardı birbirlerinin gözlerinde. "Ben, seni görmek istiyorum Sevda!" diyerek ayrıldı yanından Deniz. Sabah yatağından *"Günaydın."* mesajıyla fırladı Sevda, eli ayağı dolanmıştı. Kalbi güm güm atıyor, ruhu uzun zamandır ilk defa gülüyordu. İçinde bir yerde duran sevdiğine ihanet ettiği duygusunun metcezirlerini hissediyordu hâlâ kalbinde. O güzel rakı sohbeti ile başlayan akşam, yerini kahvaltılara, uzun telefon sohbetlerine, akşam yemeklerine ve sonunun hiç gelmemesi arzulanan sevişmelere bırakmıştı. Bir daha âşık olmuştu Sevda, içinde yaşayan tüm o buruk hisler çoktan kaybolmuştu. Ara sıra aklına gelse de uzaklaştırıyordu hemen, düşünmemeye çalışıyordu. Bir akşamüstü telefonuna bir mesaj geldi: *"Akşam çok güzel bir yemeğe çıkacağız, ona göre giyin kadınım."* Her defasında heyecanlanıyordu Deniz'den, her gidişinde bir başka çarpıyordu kalbi. 5 ay olmuştu Denizi tanıyalı ama sanki 5 yıldır ona aitti tüm benliği. En sevdiği kıyafetlerini giydi, makyajı da tamamdı, parfümünü sıkıyordu ki telefonu çaldı: "Aşağıdayım sevgilim!" Son bir kez baktı aynaya, kendini öyle güzel hissediyordu ki aşktı bu oyunu ona oynayan. Arabaya bindiğinde ilk akşam ki gibi baktı gözlerine. Derin bir nefes alarak kokusunu içine çekti:

"Yine çok güzel kokuyorsun kadınım!" dedi Deniz ve kalbinin hiç atmadığı kadar hızlı atmasına sebep oldu Sevda'nın.

"Nereye gidiyoruz?" diyebildi sadece Sevda.

Gülümseyerek vitesi attı Deniz, çok sevdikleri o restoranın önüne çekti arabayı. "Her zamanki restoran için neden güzel giyinmeliydim ki?" İçinde boğulduğu gelgitler yerini farklı duygulara bırakmıştı. Başkaydı bu akşam! Tanıştıklarının 5. ayıydı henüz, bazı adımlar için erkendi, inanamıyordu.

"Arabadan inme!" dedi Deniz, "Bekle!"

Arabanın bagajını açtı, elinde kocaman bir buket çiçekle önce kapısına geldi ve kapıyı açtı. Çiçekleri uzatıp, elinden tutarak davet etti bilinmezliğe. O çok sevdikleri restoran sanki bugün daha güzeldi, sanki onları tanıyan herkes bugün bir başka bakıyor Sevda'nın gözlerine, başka gülümsüyorlardı. Sevdikleri mezeleri ve bir 35'lik söylediler her zamanki gibi...

"Ne oluyor Deniz?" diye sordu Sevda.

Deniz gözlerinde ki aşk ışıltısıyla:

"Sakin ol, bir şey olduğu yok. Hayatımda ilk kez bir kadına böyle hissediyorum ve ilk kez bir kadınla bir ömür geçirmek istiyorum. Benimle evlenir misin Sevda?" diye sordu içi de sesi de titreyerek.

Sevda hayatında hiç böyle hissetmemişti, ayaklarından başlayarak ısınan vücudu havanın soğuğunu unutturmuştu. Kalakaldı, ne demeliydi? Konuşmalı mıydı, susmalı mıydı? Bir cevap bekliyordu Deniz umutla:

"Evet!" diye bağırdı kimseye aldırmadan. "Evet, evet, evet!"

Herkes alkışlıyordu; gözleri yaşlarla dolu, zorla ayağa kalkabildi titreyen bacaklarıyla. Sarıldığında sanki dünya tersine dönmeye başlamıştı; yitirdiği umutları, çektiği acıları, bir daha hiç hissedemeyeceğini zannettiği o duyguları bile dans ediyorlardı tepelerinde. Dünya artık onun için dönüyordu sanki, çiçekler onlar için açıyor, gecenin siyahı bile beyaza aşkını ilan ediyordu. Dudakları öyle bir kenetlenmişti ki sanki ölüm bile ayıramazdı onları.

Altı ay içinde evlendiler, dünya tatlısı bir aşk meyvesi getirdiler dünyaya. Oğullarına baktıkça aşklarını hatırlıyorlar, hatırladıkça daha çok kenetleniyorlardı birbirlerine. Diyeceğim o ki siz ayrılıkların acısını çekerken Yüce Allah sizler için öyle güzel planlar yapıyor ki tahmin bile edemezsiniz. Bu yüzden hayatınızdan gitmek isteyen herkese izin verin ve bilin ki izin verdiğiniz zaman en güzeli sizi bulacaktır. Yeter ki en güzeline açın kalbinizi ve hiçbir ayrılığın size kendinizi değersiz hissettirmesine izin vermeyin.

Kız 15, erkek 16 yaşında idi. Lisede, aynı sınıfta önlü arkalı oturan iki yakın arkadaşlardı. Okulda çok fazla yakınlaşsalar da hep arkadaş, dost olduklarını ifade ediyorlardı. Erkek, bir arkadaşının kıza karşı olan hisleri duymuştu ve çok şaşırmıştı. Kız deli dolu, hareketli, yerinde duramayan, heyecanlı biriydi. Erkek ise ağırbaşlı, oturaklı, sakin biriydi. Kız, erkeğin ona karşı bir şeyler hissettiğini duyunca aklına "Acaba bu kadar iyi anlaşan iki dosttan iyi bir çift olur mu?" şüphesi düşse de gene de arkadaşlıktan öte bir şey hissetmiyordu. Erkek en sonunda kıza açılmaya karar verdi ve mesaj attı. Ona derinden bir şeyler hissettiğini, çok etkilendiğini ve sevgililiği denemek istediğini söyledi. Kız mesajı görünce ne yapacağını bilememişti çünkü arkadaşlıklarının bozulmasından korkuyordu ve onu kaybetmek istemiyordu. Aynı zamanda "Acaba iyi bir çift olur muyuz?" düşüncesi onu yiyip bitiriyordu çünkü sevginin zamanla oluşabileceğine de inanıyordu kız. Mesajı, *"Deneyebiliriz."* diye yanıtladı. Aynı lisede olduklarından sürekli bir aradaydılar ve aynı sebepten kimseye belli etmiyorlardı. Bunun için özel bir çaba da sarf etmiyorlardı. Erkek, "Hafta sonu gezelim." demiş ve görüşmüşlerdi. Erkek, kızın elini tutmak istemiş ve tutmuş ama kız, erkeğe duyduğu hislerin arkadaşlıktan öte bir şey olmadığını fark etmişti. Bunun üzerine bir gün mesaj atıp arkadaş kalmaları gerektiğini, ilişkilerinin arkadaşlıktan öteye gidemeyeceğini, bunun dostluklarına zarar vermesinden korktuğunu söylemişti. Erkek bu mesajda arkadaşlıklarına zarar verecek bir şey olmadığı kanaatindeydi.

ÖSS gelip çatmıştı. Kız okumak için Bandırma'ya gitmişti, çocuksa istediği puanı alamayınca tekrar hazırlanmak istemişti. Kız, Bandırma'da bir ilişki yaşamaya başlamıştı. Okulda tanıştığı kişi ile güzel bir şeyler yaşıyordu ve çok mutluydu. Erkek ise dershanede bir kızla görüşmeye başlamıştı. Herkesin hayatı yolunda giderken kızın şimdiki sevgilisi, bir şekilde, eskiden yaşanan olaylardan haberdar olmuş ve bu duruma çok kızmıştı çünkü iki sevgilinin asla dost kalamayacağına inanıyordu. Kız, sevgilisiyle bu konu yüzünden sürekli tartışır duruma gelmişti. Kızın sevgilisi durumu gözünde büyüttükçe büyütmüş ve "ya o ya ben" vaziyetine getirmişti artık. Kız çok üzgündü; sevgilisini kaybetmek, onsuz olmak istemiyordu. Kız, yakın arkadaşını arayıp erkekle konuşmasını ve onu aramamasını, sevgilisiyle problem yaşadıklarını söylemesini istemişti. Erkek ise bir daha aramayacağını ve arkadaşlıklarının bittiğini söyledi çünkü çok sinirlenmişti.

Aradan iki yıl geçmiş ve kız, ön lisans programını bitirip İstanbul'a gelmişti, sevgilisi ise Bursa'ya dönmüştü. İstanbul-Bursa arasında mekik dokuyan sevgililer, arada görüşememekten ve çocuğun kıskançlıklarından dolayı çok fazla kavga etmeye başlamışlardı ve sonunda ayrılmışlardı. Kızın sevgilisi çok gururluydu, tek seferde bitirmişti ilişkilerini.

Kız, dikey geçiş sınavına hazırlanmış ve İstanbul'da bir üniversite kazanmıştı. Çok mutluydu, hem ailesiyle yaşayacak hem de okuluna gidip gelecekti. Lise arkadaşlarıyla da ara ara toplanıyor, ilişkilerini hiç koparmıyordu. Yine lise arkadaşlarıyla toplanacakları bir gün gelip çatmıştı. Fakat bu kez bir zamanlar çok yakın olduğu o arkadaşı da gelecekti; o son mesajdan sonra onu ilk kez görecekti kız. Çok heyecanlıydı ve stresliydi çünkü ya barışacak ya da küs kalmaya devam edecekti. Bu belirsizlik kızı çok üzüyordu, neyse ki bu durum kısa sürecekti. Bir saat sonra ak mı, kara mı? zaten çıkacaktı ortaya. Kadıköy'de ara sıra buluştukları lise arkadaşlarıyla çok keyif aldıkları patsodan yemeye gideceklerdi. Kız, arkadaşlarıyla buluşup gidecekti çünkü onunla tek başına yüzleşmeye cesaret edemiyordu. Erkek, patso yiyecekleri mekânın kapısında onları bekliyordu. Kız ve erkek sadece merhabalaştılar. On kişilik masanın bir ucuna kız, diğer ucuna erkek oturmuştu. Erkek çok zayıflamış, giyim tarzı değişmiş, bambaşka bir adam olmuştu. Otuz kilo verip resmen evrim geçirmişti. Kız, onun o hâlini görünce çok etkilenmiş ama önemli olanın onun dostluğunu geri kazanmak olduğu fikrine varmıştı. Erkek ise dershanede tanıştığı sevgilisiyle ilişkilerine devam ediyordu.

Erkekle kız dost gibi görüşmeye ve mesajlaşmaya başlamıştı. Kız, İstanbul'un bir ucunda okula devam ediyor, erkekse diğer ucunda kaptanlık okuyordu. Yüz yüze görüşmeler ve mesajlaşmalar gün geçtikçe artmaya başlamıştı. Kız, erkekten hoşlandığını fark etmiş ve bir gün, o yarım kalan mesajı atmıştı. Onu çok beğendiğini söyleyip duygularını açmıştı erkeğe ama bunun yanlış olduğunu ve erkeğin bir ilişkisi olduğundan görüşmemeleri gerektiğini de belirtmişti. Erkekse; sevgilisiyle ayrıldığını, hiçbir münasebetlerinin kalmadığını söylemişti. Erkek, kendisiyle bir ilişki istediğini dile getirmiş ve işler tam tersine dönmüştü. Oysaki erkek, kıza güvenmediği için güya ilişkisi varmış gibi göstermişti. Kıza, bu çok garip gelmişti öğrendiğinde ama etkilendiği erkekle de sevgili olmak istiyordu çünkü ona güveniyordu. Tek görüşebilecekleri zaman akşam okul çıkışları ya da hafta sonlarıydı. Okul çıkışlarında sürekli görüşüyor, birlikte vakit geçirmekten çok keyif alıyorlardı. Birbirlerine gittikçe çok benziyorlardı; hoşlandıkları, yaptıkları şeyler; gezdikleri yerler... O kadar çok ortak yönleri vardı ki güzel bir ilişki başlamıştı. Kadıköy'de parfümeriye gittiklerinde kardeş olup olmadıklarını bile sormuşlardı. Görünümleri de çok benziyordu.

İlişkileri 1,5 yıl sürmüştü ve kızda bazı soru işaretleri oluşmaya başlamıştı. Erkek ile kızın herkesten sakladıkları -aileler hariç- telefon hatları vardı. Her zaman akşamları görüşüyorlar, gündüzleri hiç vakit geçiremiyorlardı. Gündüzleri yorgun olduğunu, uyuduğunu bu yüzden akşamları gezmekten daha çok zevk aldığını söylüyordu erkek. Bu, aralarında problem olduğu için çok nadir de olsa gündüz görüşüyorlardı. Bu durum hep soru işaretleri oluşturuyordu kızın kafasında. İlişkileri bir ayrı bir barışık şeklinde devam ediyordu kızın soru işaretleri yüzünden. Kız çok seviyordu sevmesine ama kafasında bu kadar soru işareti varken bitirmesi gerektiğine inanıyor ve öyle de yapıyordu. Erkek her defasında kızın kapısının önüne gelip özür diliyor, barışmak istediğini söylüyordu. Problemleri bitireceğini, hata yaptığını, anlayış beklediğini dile getiriyordu ve kız her defasında affediyordu. Fark etmeden kızın hayatı, erkeğin hayatına endekslenmişti. Kız tüm ortak arkadaşlarından kopmuş; hayatı okuldan eve, evden okula dönmüştü. Bir gün, arkadaşlarıyla denk geldiğinde erkek arkadaşının başka kızla görüldüğünü hatta o kızın da dört yıl önce dershanedeki kız olduğunu duymuş ve yıkılmıştı. Dört yıldır süren ilişkilerini meğer üç kişi yaşıyorlarmış, erkek arkadaşı gündüzleri diğer kızla görüşüyormuş. Kız, erkekle yüzleşmeye karar verdi ve yüzleşti de.

O kızın hayatından çıkmak istemediğini, peşini bırakmadığını söylüyordu erkek.

Sonunda kaptan olarak çalışmaya başlayan erkek ülke ülke gezmeye başlamıştı. Her sarhoş olduğunda kızı unutamadığını, barışmak istediğini, öbür kişiyle görüşmediğini söylüyordu. Kız, erkeğe son şansı olduğunu, bir daha hata kabul etmeyeceğini dile getirmiş ve erkek de kabul etmişti. Erkek, kızı ailesiyle tanıştırmıştı ve sürekli kızın ne kadar değerli olduğundan ailesine bahsediyordu. Kız bu kadar sorunlara rağmen sürekli sürprizler hazırlıyor, görüşecekleri zaman en sevdiği şeyi -kısır,ayran ve bir paket turşu- hazırlayıp adamın yanına koşuyordu. Erkek kızın bu kadar ince düşünceli olmasına hayrandı ve kızı kaybetmek istemiyordu.

Kızın ve erkeğin hiçbir sosyal medya hesabı yoktu çünkü erkek, sosyal medyayı yasaklamıştı. Sürekli bir kısıtlanma hâlindeydi kız, ta ki kardeşinin sosyal medyasından erkeğin eski sevgilisinin adını yazıp arama butonuna basana kadar. Gördüğü fotoğraf karşısında şoka girmiş ve fotoğrafı hemen, o şok hâliyle, erkeğe atmıştı. Erkeğe ağza alınmayacak laflar söylemiş ve konuyu kapatmıştı. Kız hemen numarasını değiştirdi, erkeğin ona aldığı hediyeleri ve fotoğrafları silip attı, bu konuyu açılmamak üzere kapatacaktı çünkü. Ama kapatamadı tabii, çünkü merak ediyordu. Kızı buldu ve mail attı. 4,5 yıl ilişki yaşadıklarını, her şeyi anlatmak istediğini söyledi ve buluşmayı teklif etti. Sevgilisi inanmayıp erkekle konuşmuştu. Her şeyi inkâr etmişti erkek; bir daha kızla iletişime geçmeyeceğini söylemişti ve öyle de yapmıştı. Maalesef kız aralarını bozan kişi gibi göründü. Bu olayın üstünden 8 ay geçmişti. Gece 3.30'da gizli numaradan aranıyordu kız. Bir korkuyla açtı: Oydu. Sarhoş bir hâlde Cezayir'den arıyordu. Kendisini unutamadığını, gemideki herkese onu anlattığını, hata yaptığını söylüyordu. Kız sabah uyanır uyanmaz yakın bir kız arkadaşını aradı ve duyduğu şey karşısında bir kez daha şoka girdi. Adam nişanlanmış, üç ay sonra da evleniyormuş. Kız gidip yeni bir hat daha aldı ve bitirdiği için bir kez daha doğru bir şey yaptığını anladı. Daha sonra aradı mı, aramadı mı; hiç bilmedi kız. Erkek 3 ay sonra evlenmiş, şimdi ise bir erkek çocuğu varmış. Kız ise hiç evlenemedi. Erkek çok büyük ahını aldı kızın ve kız Allah'tan şunu diledi hep:

"Hiçbir zaman mutlu olamasın."

Mükemmel kadın, muhteşem bir eş, anne, ev kadını, iş kadını ve daha birçok şey… Neden mutsuz olur bir kadın? Neden mi? Çünkü bazı kadınlar kendileri için değil, başkaları için yaşarlar. Bunu da mükemmellik sanırlar.

Tuba Ezici

Mucize...

Sevgi her şeyin ilacıdır derler ya, bu hikâye de böyle başladı. Birbirine âşık iki genç ve evliliklerine karşı çıkan aileler. İlk zamanlar evliliklerini hiç onaylamadılar, ancak onların birbirine duyduğu sevgi bu duruma karşı çıktı ve sonunda aileler bu evliliğe razı oldu. Her şey artık istedikleri gibiydi. Çok mutlulardı ve her şey çok güzel gidiyordu. İkisi de birbiri için yaratılmıştı âdeta. Düğünleri de aşkları kadar muhteşem olmuştu. Balayı için yola çıkmışlardı. Yolda, hiç beklemedikleri bir anda önlerine çıkan köpeğe çarpmamak için direksiyonu kırdı erkek ve araba takla attı. Çok büyük bir kaza gerçekleşti. Bu kadar mutlu yaşarken böyle bir durum yaşayacakları akıllarına nereden gelebilirdi ki? Kaza sonrası olay yerine gelen ambulansla kızı hastaneye götürdüler. Erkeğin emniyet kemeri takılı olduğundan ağır yaralanmamıştı, ancak kızın yoğun bakıma alındığını öğrendiği an eli ayağı tutmaz olmuştu. Oracıkta yığılıverdi çünkü aşkı, sevdiği kadın ellerinden kayıp gidiyordu. Kızın ailesi de sürekli çocuğu suçluyordu ve git gide artıyordu suçlamalar. Bu sırada doktor içeriden çıktı ve kızın ailesini çağırdı. Kız sürekli eşini sayıklıyordu. Doktor, kızın eşine döndü ve eşini görmeden önce bilmesi gereken bir durum olduğunu söyledi. Kızın çok nadir görünen bir hastalığı olduğunu ve bu hastalıktan sağ kurtulanın pek olmadığını anlattı. Bunu duyan erkek üzüntüler içinde boğuluyordu âdeta. Kız kendine gelince ona da anlattılar durumu. Aslında, kaza anında fenalaştığını ve çok fazla ömrünün kalmadığını bu kaza sonucu öğrenmişlerdi. Kazadan sonra birlikte daha fazla zaman geçirmeye başlamışlardı. Erkek onu kırmamaya ve kol kanat gererek destek olmaya çalışıyordu. Günler geçiyordu ve kız bir gün fenalaşmıştı. Eşi onu bir dakika dahi yalnız bırakmadı. Kızın acil ameliyat olması gerekti ve bu ameliyat işe yaramazsa kız ölecekti. Herkes, çok ama çok üzgündü. Ve ameliyat gerçekleşti. Ameliyat sonrası doktor büyük bir mucize yaşandığını söyleyince herkesin sevinç çığlıkları hastaneyi âdeta inletmişti. İşte sevgi dedikleri şey buydu. Kızı ayakta tutmuştu. Oğlan da kız da çok direnmişti ve direndikleri şeyin sevgi olduğunu gayet iyi biliyorlardı. Ömürleri boyunca mutlu yaşadılar ve hayatta mucizelere inandılar.

Özür dilemekten aciz adamlara âşık oluyoruz, sonra gönlümüzü almalarını bekliyoruz. Yaş otuz olsa da bir kadının kalbi her zaman çocuk kalır. Ondandır bu çırpınışlar, bu uğraşlar.

Aşktan yana defalarca yüzümüz gülmese de; yüzümüze her güleni aşk zannediyoruz. Hayat zannettiklerimizle dolup taşıyor sonra da içimize dolanları atacak yer bulamıyoruz.

Bir kadın kaybetmeye yakınken ya çok konuşur ya da çok susar. Ortamız yoktur bizim. Ya severiz ya sevmeyiz. Netiz ve netlik bekleriz. Öyle bu adam temiz, güvenilir diye hatamıza birisini dâhil edip sonrasında hiçbir şey yokmuş gibi yarı yolda bırakmayız.

Aşka karşı bencil değiliz evvela. Önce sen, deriz. Bu yüzden, önce biz kırılırız. İyi niyetliyiz ya hani, sinirle söylenmiş her sözü yutarız ama ağzımızdan minicik bir şey kaçsa o adama yutturamayız.

Yaşımız otuz. Yaramızda hep bir tuz... Sağ olsun, sevdiklerimizden eksik kalmayan tek şey…

Sevmekten aciz adamların kalbinden aşk bekleyip durduk. Ondandır bu durduk yere delirmelerimiz.

Çok sevmek mi, sevilmek mi? Ben, her ikisinin de çok önemli olduğunu anladım. O kişiyi ilk gördüğümde: "Ya, bırak! O bana bakmaz. Yakışıklı, uzun boylu, esmer, yağız bir delikanlı; bakar mı abi bana?" deyip arkamı döndüm. İki saat uğraştıktan, çabaladıktan sonra ulaştığı telefonuma çat bir mesaj geldi: "Merhaba, ben Vedat." Ben, şok, sus pus. Telefon elimde, "Ne yazacağım, ne yazacağım?" diye bağırıp durmalarım, saçmalamanın birinci adımıydı. İkinci adımı ise "Küçük kurbağa, küçük kurbağa kuyruğun yok; farkında mısın?" diye attığım mesaj oldu. Çocuğun elinde telefonuyla kalakaldığına emindim. Gerçi bu kadar saçma bir mesajın üzerine ne yazabilirdi ki! Adam da şoktaydı. Ben yerlerde tepinirken:

"Akşam yemek yiyelim mi?" diye mesaj geldi.

Bu sefer zafer benim olmalıydı:

"Tabii ki, saat kaçta?"

Şimdi, ne giyineceğim sorusu için tüm kızları arayıp topladım. Bu olmaz; bu, seni kısa; bu, şişman gösterdi; göbeğin çıktı, popon çok büyük göründü; düz taban giyme, topuklu giy; topuklu seni alımlı gösterir. Kızların dediği her şeyi yapmama rağmen neye benzediğimi kestiremiyordum ama kızların beni bir şahesere dönüştürdüklerine emindim. Benim hatırladığım tek şey, elbisenin çok sıkı olduğuydu. İçindeyken zor nefes alıyordum ve yüksek topuklardan yürüyemiyordum. Saat geldiğinde kafamda bin tane soruyla kafeye girdim. Elimi uzatıp: "Merhaba." dedim. Dedim ama ellerim ter içinde, kasılmaktan karnımda ağrılarla oturdum sandalyeye. Yemek, tatlı, çay ve kahve derken konuya mükemmel bir kıvraklıkla girdi.

"Seninle ciddi bir ilişki düşünüyorum ve o gönderdiğin mesajdaki kuyruğumun sen olmasını istiyorum." deyip sustu.

Tam kahvemden yudum alırken:

"He, dalga geçmiyoruz yani." dedim. "Hay, dilimi eşek arısı soksun! Bu nasıl cevap?"

Neyse ki güldü. Gerçi ben olsam kalkar giderdim hatta bazen "Acaba kalkıp gitse miydim?" dediğim olur. Ne denir, kısmet böyleymiş. Bence insan, verdiği kararlarla belirler kaderini ve ben de verdiğim kararla belirledim kaderimi. Gelelim hikâyenin devamına. Tabii ki çoğu kız gibi evlilik hayali sardı beni de. Nasıl sarmasın ki? Kime "Merhaba." desem, peşinden "Ne zaman evlenmeyi düşünüyorsun?" sorusunu duyuyordum. Düşünmesen de düşündürüyorlardı zaten.

Aradan zaman geçti, birlikteliğimizin adını koyacaktık artık. İsteme olayı, aman Allah'ım, ne büyük stresti! Bir de babası, beni tanımadığından, karşısında duran altı kızdan hangisi diye göz gezdirirken cümlelerine başlamasın mı? Yanlış kızda gözü durdu tabii. Hâl böyle olunca onu da düzeltmek durumunda kaldılar. Bu duruma ağlasam mı, gülsem mi; bilemedim. Ben de sırıttım.

Her şey bitti derken aslında yeni başlıyormuş. Düğün hazırlıklarında anladım Hanya'yı Konya'yı. Çok yorucu geçti. Kimsenin arası bozulmasın, orta yolu bulacağım diye ortadan ikiye ayrıldım. Güzel olan tek şey, o beyaz gelinliği giymekti ama mutluluk da sadece bundan ibaret kaldı. Evlendik. Evliliğin ikinci gününde insan karısını evde bırakıp gider mi hiç? Gitti ve sabah 8'de geldi. Sanki zorla oturttuk nikâh masasına, adama bak! Özgürlüğü kısıtlanamazmış. Al da bir tarafına monte et o değerli özgürlüğünü! Ne oldu peki? Tabii ki sustum. "Şimdi değil, bekle." dedim. Susmak zordu benim için ve büyük bir hataydı çünkü o günden sonra hep sustum. Ben ki içi içine sığmayan, tez canlı, sabahları gülerek uyanan... Ben sustum. Sonra açıldım ama tam açıldım.

Evliydik. Sırada ne olabilirdi ki? Kızımı aldım kucağıma. Aşk, sevgi, nefes, ömür denilen şeyi o kaşık kadar suratta gördüm. İyi ki gördüm. Allah'a binlerce kez şükürler olsun bu duyguyu bana yaşattığı için. Babası da söküp çıkartmaya çalıştı bu duyguyu. Daha çok uzaklaştı bizden. Sürekli hakaret etmeler, ansızın çıkıp gitmeler, geç dönmeler. Ne zaman bir çöküş yaşasa "Canım karım, canım kızım... Aman evim..." ama diğer zamanlarda: "Sen kimsin!" Sanırım fazla beklemiştim, ayrılık vakti gelip geçmişti bile. Kimse, kendisini yıpratan, kıran, yok sayan insanların yanında durmak zorunda hissetmemeliydi ve kimse, kendisini bulunmayan Hint kumaşı zannetmemeliydi. Ben de o unuttuğum acılarla o sert kabuğumu kırıp özgürlüğüme koştum. İlk günler yadırgadım; elime telefonu alıp onsuzluğu, içimden geçenleri anlatmak istedim ona, sonuçta alışkanlık vardı. "Ha, bitti işte!" deyince atamıyordun her şeyi bir kenara. Zamanla o da geçti tabii. Bir an durup düşündüm: "Ne acılar çekenler var, buna da şükür; ayaktayım, bunu da atlatırım." dedim. Gerçeği söylemek gerekirse en kötüsü evladımla her yere yalnız gitmek zorunda kalmaktı. Şimdilerde söyleniyor ya "hayaller-hayatlar" diye; biraz da özgürlüğün tadını çıkartmak lazım, gezip görelim misali. Gezdim, gördüm; kendimi dinledim ve yaşamaktan tekrar zevk almaya başladım fakat güven konusunda hâlâ bazı şeyleri aşamadım. Duvarlarım var yıkamadığım, kurallarım var kıramadığım. O günlerden kalsa gerek, anlatamıyorum derdimi, sıkıntımı; bu yüzden sağlık sorunları yaşıyorum belki de.

Derdini anlatmayan derman bulamaz, demişler; kim demişse doğru demiş. Nedir bu kadınlara yüklenmek, ezmek, hor görmek? Ama bunlara rağmen güçlüyüz hem de çok... Sadece sevgi işin içine girince biraz karışıyor, dağılıyoruz. Fakat damarımıza basmaya görsünler, yıkar geçeriz. Yine severiz belki kapanmamış yaralarımıza rağmen, düşsek de daha güçlü kalkarız. Yine de ne yaşarsanız yaşayın, sevebilecek bir şeyler bulun kendinize. Kapanan her pencerenin ardından yenisini açın. Geriye bakmaktan vazgeçin, elinizden tutan kim varsa onunla beraber yol alın. Yeniden sevmeye, sevilmeye izin verin. Hepimiz dağılıp tekrar toparlanabiliriz ama her şeyden ders çıkarırız, yine yola devam ederiz. Benim hikâyem, bitti dediğim yerden tekrar başladı. Şimdi yeni hatalarıma, yeni yanlışlarıma; yeni umutlarıma ve hayallerime yelken açtım. Artık ayakta durmak ne demek biliyorum. Her şeyin odak noktası benim, bu yüzden ben bir taneyim.

Ben, köyde doğup büyüdüm. Yoksul bir ailenin ikinci çocuğuyum. Biz, beş kardeşiz. Bizim oralarda kızı evlattan saymazlar, illa erkek olmalı. Hatta erkek kardeşimiz olana kadar nüfus kağıtlarımızı bile çıkarmadılar. Babamla annemin devlet nikâhı yoktu zaten. Neden mi? Neymiş, mal mülk kızlara mı kalacakmış? 18 yıl imam nikâhlı yaşadı annem.

Annem, bizi doyurmak için bazen şekerli suya ekmek batırırdı. Anneanneme yardım amaçlı kıyafetler gelirdi, o da bize getirirdi. Yeni hiçbir şeyimiz olmadı bizim. Okula köyün öğretmeninin zoruyla gittik. Okumayı bilsin çocuklar, dedi. Olmasın nüfusları ama okusunlar en azından, dedi. Annem bezden çanta yapardı. Hiç kitabımız olmadı, hep arkadaşlardan çalıştık, başkalarının attıkları kalemlerle yazdık yazıları. Ondan mıdır, bilmem; hâlâ kurşun kalem gördüğümde içim sızlar. Yoksulluk bazen çok acıtırdı canımı. Kız kardeşim, bir defasında komşunun kızından sadece denemek için, şimdilerin modası olan lastik çizmeleri istemişti, yalvarmıştı ama vermemişti komşunun kızı. Çok ağlamıştı kız kardeşim. Bu da aklımdan çıkmayanlardandır mesela. Dedem, bütün toprakları kendi ekip biçerdi, babama ekip biçmesi için hiç toprak vermezdi; bu sebepten babam çalışmaya hep gurbete giderdi. Hâliyle dedemin durumu çok iyiydi. Halalarım, yeni giysiler aldıklarında bize gösterirlerdi, canımız çok yanardı; bu sebepten hep nefret etmişimdir onlardan.

İlkokul bittikten sonra okumadık. 18 yaşına kadar mahalleye çıkamadık, dalga geçerlerdi çünkü. Unutamadıklarımdan bir tanesi: Babam, gurbetten gelirken yeni kıyafet getirmişti. Hatırlıyorum bugün gibi. Bordo bluz, siyah üzerine küçük çiçekli etek getirmişti. Uzun zamandan sonra ilk defa mahalleye çıkacaktık çünkü düğün vardı. Düğünden dönerken babam birine selam verdi. Nereden bilebilirdim, o an hayatımın değişeceğini! Yeni görev yeri bizim orasıymış. Onu görünce bir garip oldum. Uzun boylu, yakışıklıydı. O an için zaman durdu sanki. Beyaz kazak bir insana ancak bu kadar yakışabilirdi! Bütün kızlar onu konuşuyor, ben onları duydukça içten içe sinir oluyordum; içime bir ümitsizlik düşüyordu. Sonra öğrendim ki amcamlarla uzaktan akrabaymış. Tekrar karşılaştığımızda onun da bana baktığını fark ettim. Ayaklarım yerden kesildi, kalbim yerinden çıkacak gibi oldu. Allah'ım neydi bu? Hiç bilmediğim bir şeydi. Hep onu görmek isteği vardı içimde. Sanırım çocuk kalbimle sevdim, âşık oldum ona. O kadar masum bir sevgiydi ki hiç birbirimizle konuşmadık, sadece gözlerimiz ve kalbimizle sevdik. O askere gitti ve giderken hiçbir şey demedi. Bekle deseydi; ömrümün sonuna dek beklerdim. Ailesine söylemiş sözlenmek istediğini ama annesi istememiş. Maalesef, o askerlik yaparken ailem beni zengin bir ailenin çocuğuyla sözlendirdi. Çok direndim ama nafile, fikrimi soran bile olmadı. Biz büyüttük, satmasını da biz biliriz, dediler. Eşya ya da hayvan değildim ki ben. Hem benim sevdiğim var; rüyalarımı, hayallerimi süsleyen... O da beni seviyor, biliyorum, diyemedim kimselere. Nişanın olduğu gün o da askerden geldi. Annesine beni sormuş ama çok geçti artık. Sonra yoluma çıkıp:

"Neden?" diye sordu.

"Çok direndim, yapamadım." dedim sadece. "Daha evvel çıksaydın keşke..." dedim.

Dinlemedi bile. Biliyordu aslında bizim buraların âdetlerini. Hiç gurur yapmayıp:

"Gidelim buralardan, ne olur." dedim ama bana:

"Seni seviyorum ama gidemem. Meslekten atarlar beni." dedi.

Sustum.

Ailem onu sevdiğimi öğrenmiş; nereden öğrenmişlerse... Kıyamet koptu tabii, eve hapsedildim. Annem âdeta gardiyan oldu bana, her şey üstüme üstüme geliyordu. Neymiş, önce o çocukla bir yıl nişanlı kalacak sonra nikâhlanacakmışım. Onu sadece nişanda görmüştüm, bir düşünsenize! Nasıl olur böyle bir şey, nasıl ömrümü geçiririm hiç tanımadığım biriyle? Daha 18 yaşındayken nasıl başa çıkarım ben o sorumlulukla? Hep uyumak isterdim çünkü uyuduğum zaman sevdiğimi görürdüm. Uyuduğumda hiç uyanmamayı dilerdim hep. Bir gün yine gidip sevdiğimin yanına: "Vazgeçme benden, lütfen, bekle; ne yapıp edeceğim, bozacağım bu işi!" dedim. Sustu sadece. Üç ay sonra tayini çıktı, gitti. Öylece bıraktı beni. Ant içtim, bozdum nişanı; zor oldu ama oldu. Sonra son bir ümit buldum onu, ulaştım ona. Bitti, nişan falan yok, dedim. Yine sustu. O sustukça içim öldü. Sevmiyor muydu artık beni, istemiyor muydu artık? Oysa istemediğim biriyle nişanlanmıştım, oysa onu her şeyden çok seviyordum. Biz, yalan mıydık? Yine içime kapandım, küstüm. Sonradan öğrendim tüm gerçeği. Yakın arkadaşının kız kardeşiyle nişanlanmış ailesinin isteği üzerine. Kalbim taş oldu. Aileme o kadar öfke doluydum ki anlatamam. Sonra yemin ettim, önüme kim çıkarsa onunla evlenecektim. Ailemin istemediği biri olacaktı. Bana her türlü cehennemi yaşatan ailemden intikam alacaktım ama ne yazık ki öyle olmadı. Dediğimi yaptım ve önüme çıkan ilk kişiyle evlendim. Belki, dedim. Güzel olur, dedim ama olmadı; daha beter oldu. Cehennemin içine hoş geldin. 20 yaşında ve evliydim artık. İstanbul'a gelin geldim. Elde yok, avuçta yok; bilmediğin bir dünyadasın ve her şeye yabancısın. Kurulu saat gibi yemek, çamaşır, bulaşık; millette hizmet et dur. Oh, harika valla!

Hamile olduğumu öğrendim sonra. Peki, bu sefalette nasıl çocuk doğuracaktım? Çok uğraştım düşsün diye. Allah affetsin, şükür, olmadı. Erik ve dondurma aşerdim bir gün. Çok şey miydi istediğim? Verdiği cevap da "Kapa çeneni! O da neymiş?" idi. Tüm takılarımı aldı, sattı hatta alyansıma kadar... Oysaki çok sevmiştim onu. Uyumayı hâlâ çok seviyordum çünkü hâlâ sevdiğimi görüyordum uyuduğumda. Sabah uyandığımda bir kez daha kahroluyordum. Artık bütün ümitlerim bitmişti, bu cehennem benim hayatımdı. Kabullendim, ne yaptılarsa sustum. Sonra oğlumu kucağıma aldım. Başka bir şeydi bu, çok başka... Bütün dünyam o olmuştu artık, onunla nefes alıyordum. El işi yapıp satmaya başladım oğlumun ihtiyaçlarını karşılamak için. Yetmediği yerde çeyizimden sattım çünkü kocam, doğru düzgün bakmazdı eve; kazancının çoğunu ailesine gönderirdi. Hadi, beni umursamazdı, ya oğlunun suçu neydi? Bayram yaklaştığında: "Ya para ver ya da birlikte gidelim, çocuğa ayakkabı alalım." dediğimde mutlaka dayak yerdim. "Kapa çeneni, ne parası!" derdi. Neydi peki benim suçum? İyi bir eş, iyi bir anne olmak mı?

Hayat gittikçe zorlaşsa da alışmıştım sanırım, yapacak bir şey yoktu artık çünkü yetiştirildiğim kültür buydu. Dördüncü yılın sonunda ikinci kez anne olmuştum. Artık her şey o kadar zorlaşmıştı ki yiyecek yemek yok, üstte başta bir şey yok; ekmek alacak para yoktu evde. Küçük oğlanı emzirirken büyük oğlan, "Ekmek!" diye tutturuyordu. Kalan pirinç ve mercimekten çorba yapıyordum, günlerce onları yediriyorum çocuklara. Anne olmanın en zor yanı çaresiz olmakmış.

Kötü giden evlilik daha da kötü gitmeye başlamıştı. Artık gece gündüz oya işlemeye başlamıştım çünkü bir şeyler yapmam gerekiyordu. Küçük oğlum 3 yaşına geldiğinde evlere temizliğe gitmeye başladım. Evliliğimizdeki sorun belki maddiyattır, diye düşünmeye başlamıştım çünkü. Eve daha fazla katkım olursa belki bu gidişat düzelir diye düşünüyordum ama nafile hiçbir şey düzelmemişti. Adam daha da umursamaz olmuştu. Hep geçmişten kalan içimdeki sevgiye sarıldım. Sevginin ne olduğunu çok ama çok iyi biliyordum. Çocukların babası beni hiç sevmedi ya da ben hiç hissedemedim. Oysa insanın hayatını paylaştığı kişiyle gerçekleştireceği hayalleri olmalı ama benim hiç olmadı.

Her gün evlere temizliğe gitmeye başladım ve bu sayede çocuklarım biraz rahata kavuştu ama ben günden güne yok olmaya başlamıştım. Ondan o kadar nefret eder hâle gelmiştim ki anlatamam. Artık benden para alır olmuştu. Utanmadan benim paramla beni aldatmaya başlamıştı. Bu nasıl bir insanlıktı. Allah'a dua ederdim, bana dokunmasın diye ama olmuyordu, yine de yaşanıyordu o iğrenç geceler. Kaç gece kalkıp kustuğumu bilirim, dayanamazdım artık. Üzüntüden vücudumda yaralar çıkmaya başlamıştı. Bir gün göğsümde kitle fark ettim, doktora gittim hemen, çünkü göğsümden siyah sıvı akmaya başlamıştı. Doktor bana: "Sen ne yaptın böyle kendine? Yavaş yavaş öldürüyorsun kendini, kanserin eşiğindesin." dedi. Hemen tedaviye başladım çünkü güçlü olmalıydım, iki çocuğum vardı. Onlar için ayakta olmalıydım. Tedavi sonuç verdi ve hemen toparlamaya başladım. Kendime geldikten sonra ailemle paylaştım ve artık yapamadığımı söyledim. "Bu adam, çocuklarla benim canımı yakıyor." dedim. Ailemin cevabı ne mi oldu? "Gelemezsin! Oradan ölün çıkar ancak!" Ailemin yardım etmeyeceğini o da anlamıştı artık, bu yüzden elinden geleni ardına koymadı.

İki yıl daha aynı evin içinde iki yabancı gibi yaşadık. Her gece çocuklarımla uyuduğum odanın kapısını kilitleyip yattım. Para biriktirmeye başladım. Gizli gizli gittim; bir ev tuttum, içine birkaç parça eşya aldım. Bir gün çocuklarımı ve kıyafetlerimizi alıp evi terk ettim. Artık daha güçlü hissediyordum kendimi. Günlerce tehdit etti beni, beraber yaptırdığımız evden hak talep edemeyeceğimi söyledi. Tabii ki hiçbir talebim olmadı. Yabancı bir ülkeye gidersin ya hani, ne dil bilirsin ne gidecek bir yer, aynen öyle kalakalmıştım sanki iki çocukla hayatın orta yerinde. Bir yandan onun tacizleri, bir yandan ailemin baskısı ama hiçbirine boyun eğmedim. Allah'a bir can borcum var, nerede isterse orada alır, diyordum. "Bu benim hayatım!" dedim, başkaları için yaşadığım yeterdi. Kendimi düşünerek yaptığım tek şey ayrılmak oldu. Zaten çocuklarım olmasa yaşamaktan vazgeçebilirdim, onlarla tutundum hayata. Onca yaşanan şeyin içinde güzel olan tek şey: Evlatlarımdı. İyi ki varlardı...

Yıllarca sevgisini taşıdığım adamla artık yüzleşme vakti gelmişti. Telefon numarasını buldum ve aradım. Her günü hesapladım:18 yıl 4 ay 5 gün.

"Hatırladın mı beni?" dedim. Sustu, her zaman ki gibi.

"Hiç unutmadım." dedi.

"Bana bir hayat borçlusun." dedim. "Sahip çıkamadın sevgine." dedim. "Seninle yüzleşmem gerek, kurtulmam gerek artık bu bitmeyen sevdadan." dedim.

Görüşmek istediğini söyledi, kabul ettim. Eğer görüşmeseydim, yine yarım kalacaktı. Görüştük, onca zamandan sonra bende değişen hiçbir şey yoktu ama o çok değişmişti. Biraz konuştuktan sonra bana:

"Beraber olmak ister misin benimle?" dedi.

O an muazzam bir şok yaşadım. Artık onun için sıradan biri olmuştum. Nasıl olsa dul kadın diye düşünmüştü herhâlde. Ona verdiğim tek cevap şu oldu:

"Yazıklar olsun bana ki onca yıl seni sevmişim! Ben senden habersiz ağladım, güldüm; rüzgâr estirdim, güneş açtırdım, fırtına kopardım içimde. Yazık, değmezmişsin!" dedim.

İçim bir hoş oldu, bomboş kaldım sanki. Koştum, çocuklarıma sarıldım, tutundum. Elimden geldiğince onların hiçbir şeylerini eksik etmedim. Başkalarının evlerini temizleyerek iki çocuğumu da okuttum. Bunu benim gibi biri başardıysa eminim herkes başarır. Çok mutluydum artık çünkü kimseye boyun eğmiyordum. Kendi ayaklarımın üstünde tek başıma kalmayı başarmıştım. Zafer benimdi artık!

Bu hikâyenin aldatanı: Kadın. Kocasından 9 yaş küçük; teni süt beyaz, gözleri Gemlik zeytini gibi olan güzel bir kadın. Hani alışık olduğumuz aldatma hikâyeleri vardır ya, bu onlardan değil. Kadın genç ve güzel, adam yaşlı ve bir kadının ilgisini üzerine çekemeyecek kadar çirkin. Kadın, çirkinliği sorun etmiyordu çünkü adam onu mutlu edebiliyordu. Kadının ailesi fakir ve görgüsüzdü, adamınkiler ise zengin ve görgüsüz. Uzaktan akrabaydılar. Ailesi kadına, bu adamla evlenirsen hayatın boyunca rahat edersin deyip durdu yıllarca. Buraya kadar her şey normaldi. Kadın kocasının hizmetini görüyor, hiçbir şeyini eksik etmiyordu.

İkisi de Urfalıydı. Nereli olduklarının önemi yok da bilenler bilir; oralarda boşanmak günlük, sıradan bir olay değil. Kadının da böyle bir düşüncesi yoktu zaten. Ta ki bir gün durakta beklerken kocasının çalışanı onu eve bırakmak isteyene kadar.

“Yenge!” diye hitap ediyordu kadına fakat kadının arabaya biner binmez, adama gönlü aktı. Utandı kendinden ilk defa, eşinden başka bir erkeğe kayıyordu gönlü ve engel olamıyordu. Adam da kadının bakışlarını fark etmiş ve ondan etkilenmiş olacak ki fırsat kolluyordu kadını elde etmek için. Arabadan inerken kadın bir sebep uydurup adamın numarasını aldı. Arabadan iner inmez adamı başka bir kadın adıyla kaydetti telefonuna. Her gün içinden aramak geliyordu fakat bir bahane bulması gerekiyordu aramak için. Aradığı bahaneyi bir türlü bulamayan kadın bir an vazgeçti aramaktan. O gün tekrar sokağa çıktı ve eşinin çalışanıyla yine karşılaştı. Adam, yine onu eve bıraktı ama bu sefer eve bırakırken çevre yolunu dolaştırdı. Yolu, uzattıkça uzattı. Sonra, yolun her iki tarafında ağaçların sıralandığı bir yola girdi. Adam birden arabayı durdurdu ve kadının dudaklarını şehvetle öpmeye başladı. Ama ne öpmek! Kadın, ilk defa bu hazzı yaşıyordu. O an mutluluktan uçuyordu, sonrasında ise düzenli olarak buluşup sevişmeye başladılar. Kadının büyük kızı durumu öğrendi ve annesinden nefret etmeye başladı ama kadın, kızının bildiğini bilmiyordu. Kızının kendisine karşı olan bu nefret dolu hareketlerini çözemiyordu kadın.

İlişkileri 1,5 yıl doludizgin devam etti. Daha sonra adam akciğer kanseri olduğunu öğrendi ve daha tedavisi bile başlamadan öldü zavallı. Kadın şokta tabii, toparlayamadı kendini fakat tek bir duygu vardı yüreğinde artık; kocasını sevmiyordu ve bundan emindi.

Görmemiz gereken ne varsa görmezden geldik. Kaybetmemek adına her sessiz kalışımız bizi sağırlaştırmış aslında. İnsan görmesi gerektiği şeyleri görmeye başlayınca anlıyormuş sevilmediğini. O zaman görüyormuş ne kadar kör olduğunu. Kadınız ya, vicdan var fıtratımızda; tüm kırıklıklarımızı bir tebessüme değiştiriyoruz işte. Ondandır kendimize olan bu yenilgimiz.

Defalarca aynı hataya düşüp insanlara güveniyorsak sebebi sevgi eksikliğimizdendir. Kim bize şefkat gösterse samimi buluyoruz. Samimiyetsiz insanları hayatımızın merkezine koymamız da bundan!

Bildiğimiz ne varsa kabullenmedik. Esasında zeki kadınlardık ama her defasında kandırıldık. Kanayan yaralarımıza inat, bir tebessümü de eksik etmedik yüzümüzden. Ama hep eksiktik sevgiden.

Aşk diye hayatımıza aldığımız, acı olarak çıktı, gitti.

Kadın, 21 yıl evli kalmıştı kocasıyla. 21 yıl... Dile kolay, kalbe zor. Bu yıllar hep aldatma, dayak, aşağılanma, işkenceyle geçmişti. Ayrıldılar. Adam, kadına ödemek zorunda olduğu nafakayı öderken bile telefon edip lanetler yağdırıyordu. Kadın, çalışmayı sevmediği için adama muhtaç yaşamak zorundaydı. İnançlıydı fakat bu doğrultuda hareket eden biri değildi. Sevabının da günahının da farkında olup yaşamaya devam eden biriydi.

Bir gün, bir adam girdi kadının hayatına ve 3 yıl devam edecek olan ilişkileri başladı. Adam, kadına iyi geliyor; bir ses, bir nefes, bir tutunuş oluyordu. Adam, eşinden ayrılmıştı ve bu evliliğinden bir kızı vardı. Kadınla güzel giden bir ilişkileri vardı. Adam, gümrük memuruydu, gümrükte çalışıyordu. Başlangıçta iyi gidiyordu her şey fakat daha sonra bir şeyler kötü gitmeye başlamıştı. İçki, gece hayatı derken adam gün geçtikçe batıyordu. Bu süreçte ona kadın bakmaya başlamıştı. Neyle mi? Eski kocasından aldığı nafakayla. Kendi yemiyor, ona yediriyordu. Gün geçtikçe sanki bir çıkmazın içine sürükleniyordu kadın. Bu durum onu iyice üzmeye başlamıştı. Bir gün duştan çıktığında göğsünde bir kitle fark etti ve hemen doktora göründü. Biyopsi, şu, bu derken kadının meme kanseri olduğu ortaya çıktı. Kadın, bu süreçte tedavi masraflarını nasıl ödeyeceğini düşünmeye başladı kara kara ve tam bu süreçte bir telefon geldi eski kocasından. Kadın, bütün olup biteni çaresizlikle anlattı eski kocasına. Hiç umudu yoktu tedavi göreceğine dair fakat o gaddar adamın yerini, kalbi merhamet dolu bir adam almıştı. Adam, tüm tedavi masraflarını üstleneceği söylemişti, ardından da "Ben, seni çok seviyorum! Seni kaybetmek, bir an için bile olsa senin öleceğini düşünmek nefesimin kesilmesine neden oldu." dedi adam, "Beni bırakma, tekrar evlenelim!" diye devam etti. Eski kocanın 3 yıllık ilişkiden haberi yoktu tabii ve hiçbir zaman da olmadı çünkü kadın eski kocasına tutunmak zorundaydı. Geçmişi silmeye karar verdi. Doğru muydu bu yaptığı, bilmiyordu ama her şeyden önce eski sağlığına kavuşması gerekirdi. Tedavi süreci çok sancılı geçmişti. Eski kocası ise desteğini hiç eksik etmedi bu süreçte. Maddi, manevi hep yanında oldu kadının çünkü gerçekten seviyordu kadını.

Kadının bu zorlu tedavi süreci güzel noktalandı ve kadın eski sağlığına kavuştu. Eski kocasına karşı ise minnet dışında bir şey hissetmiyordu. Bu minnet duygusu ona, o an her şeyi yaptırabilirdi, tekrar bu adama geri dönmek gibi... Öyle de olmuştu. Kadın, kendini borçlu hissediyordu adama karşı. Bu yüzden hayatını adamın ellerine bırakıverdi. O günden sonra kendisi için yaşayamadı.

Bu hayat, bana çok şey öğretti. Affetmeyi öğretti mesela. Kişinin evvela kendisine değer vermesi gerektiğini, kimsenin kendisinden daha değerli olmadığını; insan ne yaşarsa yaşasın, insanın başına ne gelirse gelsin, arkasına bakmadan gitmesi gerektiğini öğretti bu hayat bana. Değerli sandığın şeylerin aslında ne kadar değersiz olduğunu; unutmayı, unutulmayı öğretti bu hayat bana ve ben bunların hepsini otuzumdan sonra öğrendim maalesef.

Bir kadın
acı çekerken bile
gülümsüyorsa,
korkun bence
o kadının gücünden.

Bu sabah yabancı bir güne açtım gözlerimi. Gülüşlerim; pencere kenarında kururken gözlerime yaşlar miras bırakılmış, bugün fark ettim. Artık hiçbir gidiş şaşırtmıyor beni, hiçbir bitiş acıtmıyor içimi. Öyle olur olmaz şeylere de kızmıyorum. Saatlerce anlatılacak ne varsa kısacık kelimelere sığdırıyorum. Tanısınlar beni abi; bakışımı, duruşumu, ses tonumu tanısınlar artık. Neye kızdığımı, neye gücendiğimi görsün güvendiklerim. Bu sabah anladım beni tanıyan kimsenin olmadığını.

İçimde birbirine çarpan trenlerin gürültüsüyle yaptım bayatlamış kahvaltımı. Dünden kalma çayımı ısıtıp koydum sofraya. Hüzünlüyüm. İçimde kızgın yağlarla eritilmiş duygularım var. Kimse eskisi gibi olmamı beklemesin. Eski hâlimi bu kadar çok sevdilerse neden tükettiler diye sorarlar adama. Adam demişken, adam gibi sevdiğim geldi aklıma. Aklıma tüküreyim, adam olmayanı sevmek sana mı kaldı kızım, dedim kendime.

Bugün değiştim çünkü iyi yanımı saklamam gereken günler var.

Otuzundan sonra aşk yaşanıyormuş!

Bir daha âşık olur muyum, derken öyle sinsice çıkagelir ki aşk, inanamazsın.

Her hikâyenin ayrı bir tadı var ama bu aşk hikâyesi insanın dudağının kenarında bir tebessüm bırakacak türden.

Yaz gelmişti ve Özlem hayatın ona yapacağı planlardan habersiz, her zaman olduğu gibi organizasyonlar ve planlar yapmaya başlamıştı. Yıllardır gitmek istediği Midilli Adası'nda bulunan, eski bir Türk köyü olan Molyvos yani Lesvos hikâyemizin geçtiği yer. Arkadaşlara haber verilir, otel ayarlanır, biletler alınır ve gidilecek gün için sabırsız, tatlı bir bekleyiş başlar Özlem için. İşleri onu yormuştu. Sorumlulukları vardı elbette ama dinlenmeye de ihtiyacı vardı. Tıpkı bir askerin teskere gününü saydığı gibi tatile gideceği günü iple çekiyordu, her gün arkadaşlarıyla tatil için gün sayıyordu.

Büyük gün gelmişti. Ayvalık Hudut Kapısı'nda feribota binmek üzere heyecanlı bir bekleyiş başlamıştı. En yakın arkadaşının senelerdir gittiği ve her zaman Özlem'i de davet ettiği yer, nasıl bir yerdi? Neler yaşanacaktı? Nasıl geçecekti günler orada? Merak içindeydi, aklında türlü sorular vardı. Sonunda feribot Midilli'ye yanaştı, pasaport kontrolüne girildi ve böylece bir haftalık serüven başlamış oldu. Kızların kendi aralarında konuştukları Yunan heykelleri, pasaport kontrolü sırasında Yunan polisleri olarak çıktı karşılarına. Aralarında fısıldaşıp gülüşmeye başladılar. Molyvos'a doğru 1 saatlik yolculuklarını tamamlamak üzere arabalarını teslim alıp yola koyuldular. Radyoda Yunan müzikleri; yolun bir tarafında mavinin en güzel renkleriyle Ege Denizi, diğer tarafında yeşilin tüm tonlarına hâkim zeytin ağaçları… Hani Halikarnas Balıkçısı'nın bir sözü vardır ya "Yokuş başına geldiğinde Bodrum'u göreceksin." diye Molyvos için de "Tepedeki son dönemeci döndüğünde Molyvos'u göreceksin." sözü geçerliydi bu güzel, eski Türk köyü için.

Özlem, otele yerleşip bir an önce arkadaşının rehberliğinde keşfe çıkmak için sabırsızlanıyordu. Mayolar giyildi ve yöresel konseptte, akşamları bar olan, muhteşem kokteyller yapan bir plaja gidip daha fazla özgür hissetmek için kendilerini denizin maviliklerine attılar. Rahatlamışlardı. Akşam üstüne kadar orada vakit geçirip en güzel gün batımını izlemek için kaleye çıktılar. Gün batımı keyfini ev yapımı harika bir şarapla taçlandırdılar. Diğer arkadaşları gelene kadar Molyvos dışındaki turistik gezilerine devam ettiler. Arkadaşları geldi, eğlence daha da arttı; her köşesinde ayrı bir anı biriktiriyorlardı. Kahkahaları yüzlerinden eksik olmuyordu. Sürekli gittikleri, eğlendikleri yöresel barın çalışanlarıyla arkadaş oldular. En rahat, en özgür hissettikleri yerdi orası onlar için. Etraftakiler onları yabancı zannediyordu. Her güzel şeyin çabuk bittiği gibi bu keyif dolu tatilin de sonuna gelinmişti artık.

Son gün, son gece… O gün dingin ve sakin bir plajda vakitlerini geçirdiler. Plajdaki Asyalılara masaj yaptırdılar. Özlem, her yerde aradığı, istediği renklerdeki ip halhalı sonunda buldu ve şans getireceğine inanarak bileğine taktı. Akşam olmuştu. Yine enerjilerin yüksek olduğu, belki biraz da buruk olan son geceydi. Her zaman oturdukları yerde yani barın köşesinde gülüyor, eğleniyor ve sohbet ediyorlardı. O gece yıldızların ve ayın ışıltısı onların üzerindeydi. Bir an Özlem etrafı gözlemlemek için kafasını kaldırdı ve o an barın karşısındaki muhteşem gülüşlü, yabancı adamın kendisine baktığını fark etti. Arkadaşına dönerek: "Karşıdaki Yunan heykellerini gördün mü?" diye sordu. Bu fark edişin üzerinden çok fazla geçmeden yabancı adam ve arkadaşları kızların oturduğu tarafa geçerek kendilerine içki söylediler. Bir anda ne olduysa ve nasıl olduysa kızlar fotoğraf çekilirken diğer gruptan biri telefonu aldı ve fotoğraf çekmeye başladı. Derken sohbet başladı ve kaynaştılar. Göz alıcı beyazlıktaki dişlere sahip, muhteşem gülüşlü adam, Özlem'in yanında müziğin sesine rağmen iletişim kurmaya çalışıyordu. İşin komik yanı, Yunan heykeli zannettikleri adamlar Portekizli çıkmıştı. Peki, bu Portekizli grubun,"biscolata" erkeklerinin orada ne işi vardı? Deniz polisiydiler ve mültecileri kurtarma görevi için oraya gelmişlerdi. İstanbul'dan tatil için gelen Özlem ile görev için Portekiz'den gelen Louis'in yolları Molyvos'ta kesişmişti. Gündüz ayak bileğine taktığı halhalın renklerinin Portekiz bayrağının renklerinde olması, onun ısrarla o renkte halhal araması, bu adamın karşısına çıkacağına işaretti belki de. Işıklar söndü, bar kapandı; arkadaşları dağıldı, onlar hâlâ sohbet ediyorlardı. Gün doğumunu izlediler beraber. Telefon numaralarını, e-mail adreslerini aldılar. Özlem, keyif aldığı o anın ve yaşanan birkaç güzel saatin orada kalacağını düşünerek, tatilin sona ermesinin hüznüyle bir daha ne zaman geleceğini bilmeden ayrıldı Molyvos'tan. Bir dahaki tatile kadar hayatına kaldığı yerden devam edecekti; işine gidecekti, arkadaşlarıyla gezecekti. Evet, o öyle zannediyordu ama döndüğü günün ertesi günü bir e-mail aldı. Mail Louis'tendi. Hiç beklemiyordu; bir kez daha görmek bir yana dursun, haber alacağını dahi ummuyordu. Mailleşmeler mesajlaşmalara, mesajlaşmalar görüntülü konuşmalara dönüşmüştü. Peki ya duygular? Onlar, daha da yoğunlaşmıştı. Molyvos'tan döneli birkaç gün olmuştu ama ay sonu yani iki hafta sonra Molyvos'a gitmek üzere tekrar planlar yapmaya başlamıştı. İkinci gidişinin bu kadar çabuk olacağını tahmin bile edemezdi. Biletler alındı, organizasyon yapıldı ve bu sefer, daha farklı duygularla gideceği gün için geri sayıma başladı. Louis'le her konuşmalarında sabırsızlıkla, heyecanla -kavuşmak için- kalan gün sayısını hatırlatıyorlardı birbirlerine.

Günler birbirini kovaladı ve yine Özlem için gitme vakti geldi. Bu sefer bilinmezliğe değil, uzun zaman sonra ilk kez kalbini bu denli çarptıran adama gidiyordu. Feribottan indi ve karşısında o muhteşem gülüşlü adam... Sarıldılar. Kalpleri üst üste geldi ve kalplerini hissettiler. Louis izin almıştı ve harika geçecek birkaç gün onları bekliyordu. Otele gittiklerinde tüm ekiple tanıştı Özlem ve orada kaldığı birkaç gün ekibin göz bebeği olmuştu. Gündüzleri deniz, akşamları önce güzel bir yemek sonra da tanıştıkları yere gidip vakit geçiriyorlardı. Dünyanın en özel ve güzel kadını gibi hissediyordu Özlem. En sade hâline bile "Muhteşem görünüyorsun!" diyerek onu hayranlıkla izleyen bir adam vardı karşısında. Birkaç harika günden sonra yine dönüş vakti gelmişti. Limandaydılar, birkaç gün önce kavuşmalarına şahit olan liman, şimdi de vedalaşmalarına şahit olacaktı. Louis, o kadar enerjisi yüksek, o kadar pozitif bir adamdı ki Özlem yanında ağlamamak için zor tuttu kendini. Pasaport kontrolündeyken arkasına baktı Özlem, Louis el salladı ve öpücük gönderdi sonra da gitti. Şimdi ağlayabilirdi.

Rüya gibi geçen birkaç günden sonra normal hayatına dönmüştü Özlem. İşler güçler, berbat İstanbul trafiği derken, "Burada ne işim var!" diye soruyordu kendine. Ama bir buçuk ay sonra yine gidecekti, sadece zamanın nasıl geçeceğini düşünüyordu. Sevgilisine kavuşacağı gün için tekrar geri sayıma başladı. İletişimleri hiç kopmadı, görüntülü konuşmalar devam ediyordu.

Zaman geçti ve yine hareket vakti geldi. Özlem, iki yakın arkadaşıyla birlikte Molyvos'a gitmek üzere feribota bindi. Heyecan doruktaydı. Arkadaşları Louis'le tanışana kadar Özlem'in abarttığını düşünüyorlardı ama onu tanıdıklarında düşünceleri tamamen değişti. Kızlar birkaç gün kalacaklardı, sonrasında Özlem kalmaya devam edecekti. Hem arkadaşlarıyla hem sevgilisiyle harika birkaç gün geçirmişti. Arkadaşlarını uğurladıktan sonra Özlem adada tek Türk olarak kalmaya devam etti. Harika 10 gün geçti ve son gün geldi çattı. Artık bir daha gelebilecek miydi, bilmiyordu ama Louis'in ülkesine dönüşüne 1 ay kalmıştı ve yoğun bir dönem onu bekliyordu. Son gecelerinde baş başa yemek yediler, gözleri dolu doluydu... Louis'in gözünden tutamadığı damlalar süzüldü, Özlem, tüm gücünü korudu izin vermedi gözyaşlarına. Sonra ilk tanıştıkları yere gittiler arkadaşlarıyla, artık gecenin sonuna geldiklerinde Özlem gözyaşlarına daha fazla engel olamadı ve dans ederken onları özgür bıraktı. Arkadaşları da onlar için ağlıyordu. Molyvos denen güzel yer, böylesine güzel bir aşka şahit olmuştu.

Sabah oldu. Hareket vakti gelmişti hem de en yoğun duygularla. Son birkaç saatin içine girdiler. Gözlerini gözlerinden ayıramıyordu. Limandaydılar. Sarılıyor, öpüşüyorlar, ağlıyorlardı. Feribota binme vakti gelmişti. Özlem, içeri girdi; pasaport kontrolüne geldiğinde, arkasına dönüp baktığında Louis'in onu görmediğini, gözyaşını silerek yürüdüğünü gördü, sıradan çıkıp dışarı koşmaya başladı ve arkasından seslendi. Birbirlerine koşup tekrar kucaklaştılar. Artık Özlem'in gerçekten feribota binmesi gerekiyordu. Louis, onu sakinleştirdi ve içeri doğru yönlendirdi. Bütün yolculuğu boyunca ağlamaya devam etti Özlem. Hayat bir daha onları ne zaman, nerede karşılaştıracaktı, bilmiyorlardı ama bir daha karşılaşacaklarından eminlerdi. Ekim ayında Louis ülkesine döndü, iletişimi hiç ama hiç koparmadılar. Özlem, sürekli Lizbon biletlerine bakıyordu. Mart ayında arkadaşıyla kendine uçak bileti aldı, haziran ayında Lizbon'a gideceklerdi. Uçak biletinin görüntüsünü Louis'e iletti ama hiç tahmin etmediği bir şey oldu. O güne kadar iletişimde olan adam o günden sonra bir daha aramadı. Belki de korktu.

Lizbon'a gidecekleri gün gelip çattı. Özlem, onu görmesem de olur, harika bir ülke daha görmüş olacağım bu vesile ile diyerek kendini avutuyordu ama içindekiler, yüreğindekiler... Kimseyi dertleriyle üzmek istemiyordu, arkadaşları yıkık dökük dönmesinden korkuyordu. Muhteşem ülkeye ulaştılar. Özlem'in kalbi bir başka çarpmaya başladı, sanki karşısına bir yerden Louis çıkacakmış gibi hissediyordu. Gözü telefonundaydı. 10 gün kalacaklardı, bakalım bu sürede neler yaşayacaktı; seneler sonra ona aşkı hatırlatan adamı görebilecek miydi? Kaç aydır sesi soluğu çıkmayan adam onunla iletişime geçecek miydi? Niye iletişimi bir anda kesmişti? Üçüncü günlerinin sabahında mesaj geldi: "Güzel ülkemin güneşi üzerinde ışıldasın, hoş geldin!" Louis, Lizbon'un içinde yaşamıyordu ama mesajında iş için Lizbon'a geleceğini belirtmişti. Özlem umutlandı, görüşüp döneceğini düşündü. Ve o gün geldi. Sürekli telefonunu kontrol ediyordu ama ses yok. Denize gitmişlerdi, artık kendini tutamadı ve ağlamaya başladı. "Neden? Neden o da bana bunu yaşattı?" diye kızdı, kırıldı. Ses çıkmadı. Sosyal medyadan takip ediyordu Louis'i. Özlem, her şeyi bir kenara koyarak andan zevk almaya ve bu güzel ülkeyi doya doya yaşamaya çalıştı. Aklında hep Louis'in karısıyla barışmış olabileceği ihtimali... Döndüler. Aradan zaman geçti ve Özlem'in karşısına sosyal medyada Louis'in karısının paylaştığı fotoğraf çıktı. Başka ne olabilirdi ki, dedi kendine, tahmin ediyordu zaten. Peki, ya sonra? Karşısına çıkan her adamı elemeye başladı, çünkü hiç kimse onun kadar hassas yaklaşamıyordu ona. Bir yandan da kızıyordu Louis'e. Ülkesine kadar gittiğini ve bir arkadaş gibi kahve içebileceğini söylüyordu kendi kendine.

Molyvos denen küçük, eski bir köy bir Türk kadınının ve Portekizli bir adamın aşkına şahit olmuştu. Özlem, bir daha aşkı yaşamam derken otuzundan sonra aşkların en güzelini yaşamıştı. Sonu ne olursa olsun harika bir anı ve her zaman yaşadığı en güzel hikâye olarak bahsetti.

Eksik bir şey vardı; neydi, bilmiyorum ama eksik bir şey vardı. Mutsuzduk, istediğimiz yerde değildik. Uyuyamıyorduk, kafamız sarhoştu ama aslında bir o kadarda ayıktık. Böyle karmakarışıktık işte! Nasıl toparlanacaktık? Nasıl eskisi gibi olacaktık? Bilmiyorduk. Pişmandık; keşke böyle olmasaydı demek de artık bir işe yaramıyordu. Ağlıyorduk, her aklımıza geldiğinde tekrar tekrar yaşayıp ağlıyorduk. Ayrılığı pek sevmemiştik. O dakikalarda hiç konuşmadı, ta ki sarılıp"Elveda!" diyene kadar. Hiç ummadığımız şeyler yaşamıştık. "Bu ne şimdi!" derken buna da alıştık. Her şeye alışıyordu insan, bizde alışmıştık. Vardır her şerde bir hayır, dedik ve yürüdük. Tekrar inşa edecektik her şeyi ama biraz güçsüzdük çünkü biraz yıkılmıştık ama kalkmasını da bilirdik eyvallah. Öylede yaptık çünkü biz kadındık. Adamım, diye ortalarda gezenlerden daha adamdık.

Gittim, öyle bir gittim ki her şeyi arkada bırakarak gittim. Ağlayarak, istemeyerek, zorla gittim. İtildim aslında. Aşkımdan, sevgimden, her şeyimden kovuldum. Sormadılar bana, gitmek ister misin diye ve ben de gittim. Tutmadılar, elimden çekmediler beni, gitme, diye. Ve ben, belki bu yüzden biraz kolay gittim. Çırpındım, ağladım, bağırdım, haykırdım ama kimse duymadı sesimi ve gittim. Aslında kimsenin duymasına da gerek yoktu, bir o duysa da gitmezdim. Ama yoktu. Yanımda, yamacımda yoktu. Ve ben bu yüzden çok kolay gittim. Tüm inandığım güzel şeylerin bir yalandan ibaret olduğunu görmek, aslında bir hiçi sevdiğimi anlamak ve değersiz olduğunu hissetmek; benim gitmemi kolaylaştırmıştı ve ben gittim. Arkama bile bakmadan gittim.

Büyüdük artık değil mi? Canımızı yakanların peşinden koşarken, bize bin bir türlü yalanlar söylenirken inanmaktan; bencilce sevmekten, kandırılmaktan, kırılmaktan, seviyormuş gibi yapanlardan, defalarca kırılmaktan, güçlü gözükmeye çalışmaktan, dibe çöküp tekrar ayağa kalkmaktan, en önemlisi de kadın olmaktan yorulduk ve büyüdük. Ben sadece bir açıklama istedim ömrüm boyunca. Ne oldu? Eksik mi sevdim. İçimdeki duygular ağır mı geldi. Güçsüz mü gösterdi beni sana? Çok haksızlık yaptılar kalbime. Elbette eden bulur ama olan bana oluyordu. O güzelim duygular ziyan olduktan sonra üzülse ne, üzülmese ne?

Acılar içinden bir cehennem sunmuş sevdiğim adam bana. Yıllar geçecek de o da üzülecek, hem de ben mutlu olduktan sonra pişman olacakmış. Tükürdüğümün tesellisi. İçimizdeki saflık ve güzellik gittikten sonra pişman olsa ne yazar. Benim şehrim yıkılmış, onda iki taş yerinden oynayacak işte. Oturdum paşalar gibi, acımı çekiyorum.

Sigaranın zararlarını anlattığım adam ciğerlerimi söktü benim. Ben, artık sevgiye nasıl inanayım? Gecenin bir yarısı uykudan sıçrayıp ağlamamın izahını nasıl yapayım?

Boş versenize, giden bizden gittikten sonra karşı taraf kaybetse bize bir kârı mı olacak? Güzel günleri sigara paketleriyle yaktım ben.

Mutsuz kadın gece gibidir, karanlıktır; asla göremezsin, dokunamazsın; uzatırsın elini, ulaşamazsın, hissedemezsin. Kendi istemedikçe asla onun olamazsın. Kalbi hep uzaklarda bir yerlerdedir. Sessiz ve yorgundur. Sebepsizdir sözleri, hep tokat gibi çarpar yüzüne ve o istemedikçe asla güneş doğmaz.

Ey, benim kırık kalbim! Ne sevdalar yaşadın değil mi? Ne ihanetler gördün. Hepsi de birer çizik attı sana ama sen yıkılmadın, yine yola devam ettin. Kadını kadın yapan da bu işte! Ne yaşarsan yaşa hep ayakta, hep dik, hep gururlu… Ağlarsın yorganın altında için dışına çıkana kadar ama sabah kalkar o yataktan sebepsiz gülümsersin yine. İşte, kadını kadın yapan budur! Kadın olmak güçlü olmaktır; kadın olmak ağlayıp sonra da gözyaşlarını kendin silmek, silkelenip ayağa kalkmak demektir. Bir erkeğe ihtiyaç duymadan ayakta durabilmektir. Bunu yapabilen kadın bir daha kimseye eyvallah etmez. Güçlü kadın, güçlü kahkahalar atar etrafına. Karanlığı kıskandıracak kadar güneşli hissettirir ama bir tek geceleri kafasını koyduğu yastık anlar mutsuzluğunu.

Zor değil mi? En sevdiğin insanlar tarafından kırılmak ve "Kırıldım." diyememek. Olsun, tasalanma gönül, sabır et ve bu bir imtihan de. Elbet bu da geçer. Cesur ol ve sakın korkma yıkılmaktan, kırılmaktan! Elbet, yaşanan acı geçer ama bunu yaşatanın pişmanlığı -emin ol- bâki kalır. Kaybetmiş görme sakın kendini, sadece hafif insanları ağır gördük, öyle düşün. Bundan sonra kendine adam diyenleri değil de, adamlığı hak edenleri sev. Sevgisine sahip çıkanı sev bundan sonra. Tecrübe de ve yürü. Akıllan artık! Sen, kendimi kaybettim, deme sakın; o beni kaybetti, de. Ve sakın unutma: Elbet, yaşattığını yaşayacak herkes!

Ben, seni affedemeyecek kadar kırıldım sana. Bu şehri neşterle ikiye bölüp bir uçurum açıyorum aramıza. Ve kalkan tüm kadehler bu gece şerefsizliğine kalkacak. "Ah!" etmiyorum! "Ah!" etmeye bile değmez gidişin. Bir gidiş ancak bu kadar alçakça olabilirdi. Ben, seni affetmeyeceğim. Affetmek büyüklükse bu seferlik büyüklük sizde kalsın. Sana kırgınım. Sana ölüyüm bundan sonra. İçimde ne var ne yoksa çöpe attım. Bu yüzden de sana kırgın kalacağım! Sen, benim en güzel hayalimken şimdilerde sadece mezesin onun bunun sofrasında. Bak, sen busun işte! Bu kadarsın! Layık olduğunu zannettiklerin de senin hakkın. Ha, benim hakkım mı? Benim hakkım haramdır sana bundan sonra.

Bak, gece saatin üçü. Acılarımı çeyrek geçiyor. Hiç bir gidiş kendisine sunulan iyilikleri bile bahane edecek kadar kahpece olamazdı. Seninle oldu. Ama sen de haklısın. Bacağa alışmış omuzlarına aşk yükledim ben.

Bir adım gelene on adım giderim günleri bitti çünkü artık insanları çözdük. Teker teker serbest bırakmaya karar verdik, çok şükür! Artık bazı insanlar o kadar umurumda değil ki onların yaptıklarına aldırış etmiyorum, onlar yaptıklarıyla beni üzdüklerini sanıyorlar sadece. Oysaki ben sadece gülüp geçiyorum hâllerine. Herkesi hak ettiği yere koyuyorum ve oradan asla çıkartmıyorum. Artık hayata karşı genel duruşum bu oldu: Kim ne bok yerse yesin! Bazen o kadar duygusuz olabiliyorum maalesef çünkü ziyadesiyle yoruldu bu kadının ruhu. Artık çokça kendini seviyor, biraz bencil olmaya çalışıyor ve umursamıyorum. Ve artık kimseye körü körüne güvenmiyorum. Çünkü beni buna zorladılar, "Sen, bu olacaksın!" dediler. Ben de artık dayanamadım ve otuzundan sonra böyle biri oldum çünkü her gördüğümü insan sandım. Önceden, hayat zor, sanırdım ama öyle değilmiş, insanlar şerefsizmiş sadece. Bununla ilgili çok büyük tecrübeler edindim. Buna katkıda bulunan herkese de teşekkür etmeden geçemeyeceğim tabii. Eğer bu hayatta tek başına güçlü bir kadınsan kalabalığa pek de gerek yok. Kaybederek başladım her şeye çünkü. Önceden sesli ağlardım, artık sessizce bakıyorum etrafa. Oysaki kimse farkında değil eskisinden daha sesli ağladığımın. Kaybettiğimi asla kabul etmedim çünkü vazgeçmek benim daha çok hoşuma gitti. Bu yüzden beni üzen her şeyden vazgeçtim.

Ağlatmayın yüzü gülen kadını; içi umut dolu, sevgi dolu kadını... Akıtmayın o gözyaşlarını gülen yüzünden. Bir kadın seviyorsa eğer seni en başköşeye koyar ve asla indirmez oradan. Seven kadınları bulmuşken sıkı sıkı tutun. İzin vermeyin uçurumdan atlamasına. Öldürmeyin yüzü gülen, kalbi sevgi dolu kadınları çünkü seven kadın cesurdur, sevdasında bonkördür, her şeyi dibine kadar yaşar ve yaşatır. Ama bazı erkekler bunu anlayamayacak kadar sığdır. Kadının o muhteşem sevgisine asla layık olamaz ve bu sebepten sonu erkek için hep hüsran olur, kadın gider. Oysa bir kadını mutlu etmek, yüzünü güldürmek çok da zor olmasa gerek. Kadın, hele ki seven kadın çok masum şeylerden mutlu olmasını bilir. Ama bir erkek o kadını güldürmeyip ağlatıyorsa merak etmeyin, o da ağlayacaktır, yanına kalmayacaktır!

Evet, evliliğe asla karşı değilim ama birbirini sevmeyen, birbirine saygı duymayan karı-kocalara karşıyım. Mutsuz yuvalarda büyüyen, ağlayan çocuklara karşıyım.

Bir şey seçebilseydim, unutmayı seçerdim. Tüm yaşadıklarımı unutmayı... Çünkü bazı tecrübeler olgunlaştırmaz insanı, sadece ziyan eder. Ben de ziyadesiyle ziyan oldum. Gebermiştim, inliyordum yüreğimdeki acıdan. Hiç beklemediğim bir anda hayatıma giren adam beni yerle bir etmişti. Hiç görememiştim aşkın oyununa geldiğimi maalesef... Tutulmuş, kör olmuştum. Otuzundan sonra aşk mı? Evet, tam da öyle âşık olmuştum ama ben olmazlara olmuştum, en kötüsü de buydu. Bir enkazdan yeni çıkmıştım, aslında zor ayakta duruyordum. Bu karşıma çıkan şey hiç iyi olmamıştı benim için ama işte, bazı şeylerin önüne geçemezsin ya tam da öyleydi. Düşe kalka da olsa yürüyordum ona, seviyordum artık. Her şeye razıydım. Ama bazen çok kızdığımda oluyordu kendime çünkü ben her şeye kafa tutan, dediğini yapan, istediğini alan ben; hiçbir şey yapamıyordum. Ben, ben olmaktan çıkmıştım maalesef. Peki, en önemli soruyu soruyorum şimdi: "Değer miydi?" Değmeliydi belki ama maalesef değmedi. Asla affedemeyeceğim, unutamayacağım şeyler yaşattılar. Ve öğrendim ki insanlar gerçekten kötü ve acımasızdı. Ve öğrendim ki aslında aşk diye bir şey yoktu. Ve öğrendim ki kendinden başka dostu yoktu insanın. Velhasıl ziyan olduk ziyadesiyle.

Ben güçlüydüm, ben gururluydum, ben inatçıydım, ben deliydim, ben özgürdüm, ben asiydim; ben kadındım. Belki bu yüzden çok şey kaybettim ama hiç arkama dönüp bakmadım. Hep yenisini inşa etmeye çabaladım çünkü ben güçlüydüm; öyle olmak, öyle görünmek zorundaydım. Gözümden, kanamakta olan kalbimin kanı damlardı ama yine de yıkılmazdım. Düşsem de dizlerimi silkeler, tekrar ayağa kalkar, dimdik durur ve yürürdüm. Çünkü yaşadığım acı deneyimler bana bunun böyle olması gerektiğini dayattı. Ve bu sapasağlam, ayaklarımın üzerinde duruşum bana şunu gösterdi: Bana bunları yaşatanlar sapı sağlam kazıklar yedi. İşte, bu benim zaferimdi!

Güçlü görün, öfkende ve sevginde cömert ol. Doğrularına ters gelen ne varsa kafa tut ona. Bırak, herkes layık olduğu gibi yaşasın. Bırak, herkes neyi kaybettiğini anlasın. Sana yüreği güzel, dürüst, samimi insan lazım; gerisini defet hayatından. Cesur adımlar at, unutma çünkü sen bir kadınsın. Daima dik tut başını ve tabii ayakkabının topuklarını. Sinirlenince ağla, bağır, yık, yak ama sonra kalk dimdik ayağa. Ve alış buna, güvendiğin insan herkesten fazla acıtır canını.

Sevdin mi? Sonra ne oldu? Acı değil mi? Seni senden başka kimse gerçekten sevemez, "Seviyorum." diyen de, "Ölüyorum." diyen de bir gün sonra hiçbir şey yaşanmamış gibi arkasına bile bakmadan gider. Hem de öyle bir gider ki sanki hiç gelmemiş gibi. O yüzden gel beni dinle, kendinden fazla sevme kimseyi. Kendinden başka kimseye çok değer verme. En çok kendini sev bu yalan dünyada. En çok kendine âşık ol çünkü kendinden başka kimseden fayda yok bu yalan, çirkin dünyada.

Kadın için susmak, kabullenmek değildi artık, sadece bir cevaptı. Sessizliğini duymayan birine aşkını feda etmişti. Her şeyini kaybetmişti ama asla merhametini ve içindeki o küçük kız çocuğunu kaybetmemişti. Canı çok acıyordu. Ama canını acıtsa da söküp atacaktı bunu. Hem çok kızgındı hem çok kırgındı. Artık insanları ikiye ayırmıştı, sevilecekler ve sövülecekler diye! İnsanları artık edebine göre seçiyordu. Artık kimseye ikinci şans vermiyordu çünkü ikinci şans hak edene verilirdi, b*k edene değil! Artık kadın bunu çok iyi biliyordu. Sözünü tutmayanları, gözünde de gönlünde de tutmuyordu artık. Zulasında birkaç kullanımlık iyi niyeti kalmıştı, bunu da kimseye ziyan ettirmeye niyeti yoktu. Kaybettiklerini bir kayıp olarak değil de kazanç olarak görüyordu artık. Bazı şeyler bir daha yoluna girmeyecekti, biliyordu çünkü artık hayalini kurduğu insanlarla vakit kaybetmenin ihanet olduğunu çok iyi biliyordu kadın. Artık her şeyi görmezden geliyordu ve değer bilmeyen herkese sırtını dönmüştü. İnsanlar gerçekten kahpeydi ve umutlarla oynuyorlardı. Ne acı bir durum değil mi? Ama artık kadın birçok şeyi tek başına yapabilen biri hâline gelmişti. Hiçbir şeyden korkmuyor, ölümüne savaşıyordu her şeyle. Bir kadın olmasına karşın adamlığın hakkını veremeyenlerden daha adamdı. Biliyordu artık kimin adam kimin madam olduğunu. Kim bu hâle getirmişti bu kadını? Seçtikleri mi vazgeçtikleri mi? Aslında asıl mesele neydi, biliyor musunuz? Güldürdükleri yerden öldürmüşlerdi kadını.

Her baharda
tomurcuk veren
kadın, meyve
vermek için bekledi
erkeği fakat tam
orasından
kırdılar onu.

Aslında her kadın
koklanmaya değer
bir çiçektir,
erkek ise bal almak için
hepsini dener maalesef.

Kadınlar da bir kitaptır.
Bazıları okunur,
bazıları ise dokunur.

Kader miydi aldatılmak? Birçoğumuza göre evet, herkesin başına geliyordu, başımızdan geçecekti; biraz sabretmek gerekir, hatta biraz daha... Dayanmalı kadın, güçlü olmalı çünkü yuvayı yıkmak çok zordur, kurulu düzeni vardır; dul damgası yersin, sonra el âlem ne der?

"Erkek açısından ne var ki; biri gelir, diğeri gider diye düşünürler. Yıkılan taraf kadın olur her zaman. Tek başına çocuklarına nasıl bakar? Hadi, diyelim baktı, çocuklar baba sevgisinden mahrum kalır bu kez. Tüm bunları söyleyen insanlar şunu da ekler yanına: "Biz, hep senin yanındayız; sana destek olacağız, yıkma yuvanı." Kadın, o anda, o kadar çaresizdir ki etraftan gelen tüm olumlu desteklere, eli mahkûm kanar fakat en ufacık bir sorun çıktığında, sözüm ona her an yanında olacaklardan kimseyi bulamaz yanında. "Yine mi?" diye başlayıp sonunda "Sabret." diye biten o uzun nidaları artık dinlemek istemez.

Aslında kimseden yardım falan da istemez. Tek istediği işine karışmamalarıdır fakat etrafında, bu konuda sanki doktora tezi hazırlamışlar gibi kendini bilgili ve tecrübeli sanan, o kadar çok budala vardır ki... Daha da komiği, herkesin yaşadığı kendinedir. "Seni anlıyorum." derler fakat kadın şuna emindir: Aslında hiçbiri onu anlamıyordur, hatta anlamaya bile çalışmıyorlardır. Bu, Nasrettin Hoca'nın eşekten düşme hikâyesi değildir çünkü. "Nesini anlamıyorsun yahu?" diyemez insan. Yine de tüm bu olup bitenin sonunda, şunu anlıyordur kadın yaşadıklarından: Her insan özeldir, bu yüzden de yaşanan her ilişki diğerlerinden çok farklıdır ve onu yaşayan için çok özeldir.

Yorulmuştu, yaşamaktan değil, tabii ki yaşadıklarından... Ünlü bir üşengeç gibi davranıyordu son zamanlarda, her şeyi boş veriyordu. Odalar dolusu ıssızlıkla baş başaydı.

Her şeyin fazlasını sevmiyordu artık, eskiden olduğu gibi. Mesela evde az insan istiyordu; tabakta az yemek, kadehte az şarap... Şunu öğretmişti hayat ona: Zarardır her şeyin fazlası, bu yüzden azla yetinmeyi bilmek gerek. Başarmak için çalışıyordu elinden geldiğince.

Güvendiği dağlardaki karlar kayak yapmak için değildi, elbette bunlardan dersler çıkarmalıydı kendine. Hüzünlü bir şarkı eşlik ediyorsa gecelerine, ne başını yaslamak için bir omuza ne de koynunda uyuması için bir bedene ihtiyacı yoktu kadının. Önce bunların birer alışkanlık olduğunu kabul etti, sonra alışkanlıklarından vazgeçti. Ardından da aramakla bulunmadığını öğrendi ve aramaktan vazgeçti. Şimdi mi? Tabii ki dünyanın en mutlu kadınıydı kendi dünyasında.

Yalanlar dünyası üzerine kurulu ilişkiler ve sahte mutluluklar artık kadını tatmin etmiyordu. Sevmiyordu adamı ama sevdiğini söylüyordu. Bu mutluluk oyununa etrafındakilerin de inandığını sanıyordu fakat sadece kendisini kandırıyordu.

Adam, ona deli gibi âşıktı. Kadın ise kesinlikle sevmiyordu ve maalesef, kadın bunu kendine itiraf da edemiyordu çünkü adam tarafından sevilmek hoşuna gidiyordu. Hikâyenin normal ve sıradan giden seyrine heyecan katan şey ise şuydu: Kadının, yakın bir arkadaşının kendinden yaşça küçük oğluna ilgi duymasıydı. Belki bu da normaldi. Peki ya o gencin de kadından etkilenmesine ne demeli? Asıl olay burada düğümleniyordu.

Bir yanda kocasına mükemmel kadın rolü çizen, çocukları için saçını süpürge eden, sürekli ezildiğini söyleyerek mağdur rolü oynayan kadın; diğer tarafta genç sevgilisiyle gününü gün eden, yaşadıkları küçük kaçamaklardan dünyanın en mutlu kadını gibi hisseden biri vardı... Genç bir delikanlı tarafından sevilmenin hazzını yaşıyordu ve işin garip tarafı, zerre kadar vicdan azabı çekmiyordu. Olanları düşündüğünde, durumu çok güzel idare ettiğine ve etrafındakilerden daha zeki olduğuna kanaat getiriyordu içten içe. Ne demiş Mevlânâ: "İnsanı gördüklerinden ibaret sayma, görmediklerinde ara. İçidir hakikatin resmi, dışı sadece manzara."

Güvendin değil mi
sevdiğin adama?
Çünkü seviyordun,
sırtını dayamıştın
ama sırtından vurdu
değil mi seni?
Hayat, budur işte!
Güvendiğin dağa
mutlaka
kar yağar.

Ben, kendimi bilen bir kadınım artık. Hatalarımı, güzelliklerimi, çirkinliklerimi görebiliyorum artık. Ne kadar olduğumu, kimin bende ne kadar olduğunu çok iyi biliyorum. Arada kaldığım bir hayat yaşamıyorum. Griye yer vermiyorum artık. Ya "Var." diyorum ya "Yok." çünkü kendimi böyle daha güçlü hissediyorum.

Bana yanlış yapan kim varsa çıkarıyorum hayatımdan. "Beni artık üzemezsiniz, yıkamazsınız." diyorum. Arama koca koca duvarlar örüyorum onlarla. "Bana yanaşmak isteyenler, o duvarlara çarpa çarpa yosun tutar." diyorum. "Artık beni hayal kırıklığına uğratamazsınız." diyorum. "Ama isterseniz, buna devam edebilirsiniz." diyorum.

Her kırılışımdan sonra, insanlara verdiğim değeri öyle bir geri alıyorum ki piç gibi kalıyorlar. Yanımda yoksa artık değer verdiklerim, arkama bile bakmadan gidiyorum. Herkese hak ettiğini yaşatacağım bundan sonra. "Değiştin." diyorlar ama aslında ben değişmedim. Sadece olan biteni gördüm. Ben biliyorum artık her şeyi, siz de bilin istedim.

Otuzundan Sonra

Kadın, adama deliler gibi âşıktı, bunu anlatmaya yetecek kelime olmadığını da biliyordu üstelik. Bir kadının bir adama deli gibi âşık olmasında, elbette ki şaşılacak veya ilgi uyandıracak bir taraf yoktur fakat başkaydı hissettikleri, bambaşkaydı.

Peki, durum bu doğaüstü hâle nasıl gelmişti? Bu aşkı besleyen neydi? Elbette aklınıza pek çok şeyden önce cinsellik gelmeliydi. Evet, adama çıplak gözle baktığında sevilmeye değer bir yanının olmadığını görüyordu. Kendisinin kültür ve yaşam tarzı olarak çok farklı yetiştirildiğini de biliyordu. Kadın, kendisini adamla aynı kefeye koyamıyordu fakat terazide tutkuları ağır basıyordu her zaman.

Bir zaman sonra adam hakkında yeni bilgiler edinmişti. Adam evliydi mesela, bu durum kadın için çok önemliydi. Geride aldattığı bir karısı vardı adamın ama kadından vazgeçmediğinden, buna da kendince mantıklı kılıflar uydurmuştu. Ne olursa olsun, kadın da ondan vazgeçemiyordu. Onunla geçireceği dakikaların hayalini belleğinden silemiyordu. Bir buluşma gerçekleştiğinde oturup diğerini beklemeye başlıyorlardı.

Peki, bu tutkulu birliktelik nasıl gelişiyordu? Adamla buluşup bir kaç kadeh bir şeyler yudumladıktan sonra ateşli bir sevişme başlıyordu. Kadın, adama tutkundu; tenine, kokusuna; tepeden tırnağına, her zerresine... Aklı başına gelip mantıklı düşünebildiğinde de sevilmeye değer taraflarını değil, onunla geçirdiği zamanların ne kadar değerli olduğunu, yanında olsa ona sarılıp göğsüne yatabileceğini ve yine deli gibi sevişeceklerini düşünüyordu.

Kadına göre adam, onun yeryüzünde partneri olabilecek tek varlıktı. Tensel uyum mükemmeldi çünkü sevişmeler saatlerce sürüyordu. Ve her zaman kadının mutluluğu için uğraşıyordu adam. Bunlar, kadının ilk defa yaşadığı şeylerdi bu yüzden adam, onun için paha biçilemeyecek değere sahipti. Kadın, hazzın doruklarına çıkıyordu ve güzel olan taraf, sevişme sonrası hüsrana uğramıyordu, adam sonrasında da mutlu etmeyi biliyordu kadını. Kadına göre bu adam, dünyada kadının dilinden anlayan, seksi mükemmelleştiren erkekti. Erkeğin prototipiydi yani. Ama her güzel şeyin bir sonu vardı.

Olaylar beklenmedik şekilde gelişti ve ilişkileri son buldu. Fakat kadın, hâlâ adamı her düşündüğünde içi ürperiyor; burnunun direği acıdan değil, adamı deli gibi özlemekten sızlıyordu.

Biraz yorgun, biraz kırgın, kaldığım yerden devam ediyorum. En çok kendime mi, yoksa bana bunları yaşatanlara mı kızmalıyım? Bilemiyorum... Ne hayaller kurdum, ne ümitlerle başladım yeni yaşantıma. Sanki bozulmak üzere kurulmuş bazı hayatlar ve bu hayatlardan biri de benimkiydi. Ödedim sanırken, meğer herkes kapıda bekliyormuş kalan hesapları sormak için. Diyen olmadı hiç, "Yahu, bu kadının suçu yok, bu sefer hepsi benim hatam." Olmamış arkadaş, olmamış kimseler! Kimse hatalarıyla yüzleşmeye hazır değil. Kolaydır çünkü başkasını suçlamak; yük yapmaz omuzlarda, vicdanı sızlatmaz. Hayatımıza giren herkes sınavdır ya, benimki ne bitmez hayat sınavıymış be! Artık, "Allah'ım bugün güzel geçsin. Gerçekten dayanamıyorum!" diye uyanmak zor, elinde kalan umutlarını da yok ediyor böyle hissetmek çünkü. Bakıyorum bazen etrafımdakilere öylece, ara ara özendiğimde oluyor tabii ve en çok da sevilenlere özeniyorum. Bir gün benimle beraber sıkıntılarımı, sevinçlerimi paylaşacak birini bulur muyum? Olduğum yerden bakınca baya zor görünüyor.

İlk zamanlar, "Ne vermedim de olmadı?" diyordum, sonra "Her şeyi omuzlarsan böyle olur." demeye başladım. Diyorlar ya ruh eşi diye, benimki kesinlikle tam bir ruh çünkü yok ya da henüz ben görmeyi beceremedim. İçimde oluşan derin yalnızlığı ne anlatabiliyorum ne de kendime kabullendirebiliyorum. Ben, aslında kendimi özlüyorum; hayatımdan giden herkesin benden aldıklarını geri istiyorum! İçimdeki çocuğu, saflığı, temizliği; el değmemiş, kirlenmemiş çocukluğumu istiyorum. Düştüğümde annemi, çaresizliğimde babamı, paylaşmak için kardeşimi istiyorum. Kırıldığım yerleri yapıştırdıkça yamalarım görünür diye korkuyorum. Ne fayda! Ne kadar saklarsan sakla, biri mutlaka görüyor ve tekrar yaralıyor.

Hayat acımasız, adil değil. Hayat, birine gülerken diğerini hiç acımadan harcıyor. Bazen yapayalnız kalmak istiyorum. Sessizlik istiyorum; insansız, koşuşturmasız... "Huzur sanki bunda var." diyorum. Tabii ki yaşayamadığım için bilemiyorum, anlık gelgitler benimkisi... Durup bakıyorum da arkama, kazandıklarım da olmuş bu hayatta kaybettiklerim de. Ama iyi ama kötü... En azından ben de birilerinin hayatına dokunarak iz bırakmışım.

Otuzundan sonra aldığım yaraların izleri çıkmış yüzümde; yaşadığım sevinçlerin, gülümsemelerin anısı kalmış kalbimde. Elimdekilerle ilerlemişim. Yolumda, ayaklarımı bazen sürerek bazen vurarak hareket etmişim. Aslında ne yaşarsam yaşayayım, iyi ki yapmışım; kişiliksiz olmaktansa kişiliğimi omuzlarımın üstüne koyarak ayakta: "Ben, buyum!" demişim ve hâlâ buradayım. Hüzünlerimi sevinçle harmanlayıp yeniden "ben" olmuşum. Hele bir de tam dizlerinin üstüne çöktüğünde, sana elini verip ayağa kaldıran bir dostun varsa yanında, sanki dünya yıkılsa üstüne o an, onun verdiği güçle kalkabileceğin hissi anlatılamaz. İşte o yüzdendir ki "Arkadaşını iyi seç." derler. İyi ki demişler, yaşadıkça anlıyor insan. Öğreniyor her şeyi, affetmeyi... Zaman alıyor belki ama yeniden sevmeyi, sabahları uyanmak için sebepler bulmayı öğretiyor işte hayat. Zaman; acıyı, gülmeyi, unutmayı öğretiyor.

Hâlâ iyimser yanlarım varmış, yazarken anlıyorum. Meğer ben, yaşamayı seviyormuşum! Zamanla geçer denilen her şey, zamanla geçiyormuş meğer. Sevgi bitiyormuş, acılar azalıyormuş, ölüm acısı bile zamanla hafifliyormuş. Bu yüzden içinizden ne geliyorsa yapın, ertelemeyin çünkü zaman hafifletip unuttururken ömür de bitiyor. Sizin de gözyaşlarınız kapadıysa yaralarınızı, yola devam edin. Ben, yanıma aşk kokusunu bırakan biriyle yola devam ettim. Güzel anılar bırakarak gitti benden. Sizin de hayatınızdan birileri bir gün giderse en güzel anıların izlerini bırakarak gider umarım. Otuzundan sonra "aşk"...

Öküz!

Erkek dediğin az biraz kibar olur, anlar kadın ruhundan ama bazıları resmen öküz efendim! Kadın kaprisliymiş, çenebazmış, çirkefmiş; salon kadını olmalıymış. Bakın, biz her şekilde, her kalıba ayak uydururuz; yeter ki isteyelim, isteyip de yapamayacağımız şey yoktur bizim! Ayaklar denk alına beyler... Bunları yazarken bile atarlanıyorum, düşünün ruh hâlimi...

Yine hazırlanıp-öz güven tavan bu arada- salına salına gittim geceye. (Gece derken davet falan değil, bildiğin kulüp…) Alımlı alımlı yürürken biri çarptı gözüme, alım falan kalmadı, kalp avuçta ama çaktırmıyorum tabii.

İlerleyen saatlerde tanıştık; ay ben bir mutlu, bir heyecanlı… Telefonlar verildi. Günlerce bekledim arasın diye ve aradı tabii ki. Cilveleşmeler, gülmeler; bende bir cevher varmış ki sormayın. Bu öküzle çıktım ama içimden: "Çıkmasaydım keşke." dediğim de oldu tabii.

Buluşmalar başladı; tatiller, yemekler, sinemalar… Tabii zaman geçtikçe gördüm ya da hep böyleydi, o mutluluk hâliyle anlamadım ondaki öküzlük cevherini! Eminim, yediğim boynuzlar üçüncü köprüde kullanılmıştır. Görünen salon kadını çizgimi terk edip, eli belinde, edepsiz kadını ortaya çıkardım. Hazmedemedim tabii ki, sevgi, kırgınlık, kızgınlık… Ortaya konan alevli meyve tabağı gibi buldum kendimi. Elbette toparladım. Bir küçük öküzün yarattığı aşk kalıntıları yıkar mıydı beni, yıkamazdı tabii ki. "Takıldım." dedim. Ondan vazgeçtim ama yine de sevmekten, gülmekten, ağlamaktan vazgeçmedim. Siz de vazgeçmeyin ama önce kendinizi sevin. Beni de sevmeyi ihmal etmeyin tabii.

Kim için kimden vazgeçersin?

Kimine göre aşk, her şeye değer; kimine göre aile, kimine göre evlat, kimine göre dost... Bu nasıl bir sorudur acaba? Soranlar, hayatlarında hep tercih mi yapmış acaba? Bana sorulduğunda, kimse için kimseden vazgeçmem derim çünkü hayatımızda olanlar, hep kalacak olanlardır. Düşünün bir, sevgiliniz için arkadaşınızdan vazgeçiyorsunuz. Peki, ilişki bittiğinde ne olacak? Aileniz sevdiğinizi istemedi, siz de dönüp gittiniz ve o da sizi yarı yolda bıraktı. Ne olacak? En güzeli dengeli olmak değil midir?

Yaş daha 15-25 arasında çoğumuz için tozpembedir her şey, cesaret hat safhadadır. Deli cesareti bu, hangimizde yoktur ki... Hatta bende, hâlâ biraz var. Sadece büyüdükçe tecrübe kazanılan şu hayatta, galiba ben, fazlasıyla kazandım. Ama kimse için kimseden vazgeçmedim. Bunu söylerken aksini yapan çok insan gördüm; sevdiği için herkesi geride bırakıp gideni... Bazısı kazandı, bazısı kaybetti. Fakat dönüp gittiğinde, geride bıraktıklarına bakmazsan eğer, geride bıraktıklarını bir daha bulamamak en büyük korku olur. Ben, mesela, sevdiğimi hiç geride bırakmadım, o benim vazgeçtiğim oldu.

Bu hayatta sadece kendinizden vazgeçmeyin, böylelikle hayat da sızı bırakmayacaktır. Hayat, belki seni sonuna kadar tüketmek için uğraşacak. Ölüm, aşk, arkadaş, evlat; ne varsa kullanılabileceği koz olarak, seni bitirene kadar kullanacak ve oynayacak seninle belki. Ama her şeye inat, hayata inat otuzundan sonra başlayacak her şey.

Çok çaresizdi. Dışarıda yağmur yağıyordu. İçindeki tüm umutlar ölmüştü sanki. Onu düşünmekten başka, hiçbir şey düşünemez olmuştu artık ama bunu da atlatacaktı bu kadın. Aşk bu, kadın için her daim yaşanması gereken bir şeydi. Seviyordu çünkü aşkı ve inanıyordu aşka. Aşk, kadını güzelleştiriyordu çünkü kadını dinç tutuyordu. Ama verdiği acı da bir o kadar kötüydü aslında. Fakat duygularını hep yüksek dozda yaşamayı seviyordu kadın. Seviyorsa, âşıksa sonuna kadar yaşıyordu; acıyı da sonuna kadar yaşadığı gibi... Hatta yerle bir olana kadar... Hele ki otuzundan sonra daha bir farklı yaşıyordu duygularını çünkü artık kendini çok iyi tanıyordu.

Sen, çok güzel seven bir kalbe bıçak sapladın. Sen, sana yazılan her mektubu okumadan cevaplamışsın. Bak, bu da karakter yoksunluğundan. İçimdeki hiçbir sızıyı duymadın. Zira duymak isteseydin sana olan sevgimi de duyardın. Bir kadının çırpınışı, sevgisinin göstergesidir. Sen, seni ve bir kadını yarı yolda bıraktın! Şimdi, hangi yola çıkayım? Kimi seveyim? Adamsın ya hani, bak bakalım, dışarıda sevilecek kimse kalmış mı? Hepsi sen gibi…

Tüm varsayımları da bir kitap arasına koyup gidiyorum. Sevmeye devam edeceğim ama sen hayatımın her zaman dışında kalacaksın. Ömrümün içine ettiğinden... Sen, sana yazılmış hiçbir şarkıyı duyamayacak kadar kapattın kulaklarını, yüzleşmedin kendinle. Sen de biliyordun hatalarını. En acısı da bu ya zaten… Sen, beni bile bile üzmüşsün. Dünyamı yıktığın o evin kapıları, kapalı artık sana! Ama ben yeniden kalkar, yeniden bahçeme güller ekerim de sana dikenleri bile sunmam artık. Sen, sevilmek nedir bilmezsin. Ondan bu yadırganan hâllerin…

Bu kez sağlam git. Zincirini sağlam bağlasın gittiğin. Bilirim, bırakırsa gelirsin. Bu kez, hiç sevmemiş gibi değil de gerçekten çok sevmiş gibi yap. "Yarasın!" derken karşılıklı kaldırdığımız kadehlerin, bilemezdim yara olarak kalacaklarını. Yaran kalsın ama sen git çünkü varlığın, yokluğundan daha büyük bir dert. Önce sabahları uyanmak zor gelir. Elim gider telefona. Uykulu sesini duymadan güne başlayamam, bilirsin. Ama seninle de tekrar başlayamam. Gece gökyüzünü örterken sen de sıkı sıkı ört üzerini. Önümüz kış, bilemezsin hastayken ne yapacağını. "O olsa çorba yapardı..." diye düşünüp de inceden inceye girme duvarlar ördüğüm hayatıma. Bu kez sağlam git. Gururun olsun, onurunla git. Bırak, bu kez unutayım seni.

Kimseye bahsetme bizden. Sığamadık şehirlere maalesef. Elbet, bitecekti bir gün, biliyorduk ama belki bu kadar çabuk beklemiyorduk. Bu kadar acı vereceğini de bilmiyorduk maalesef. Sen, yine de kimseye bahsetme bizden. Her şeyimiz bizde kalsın, sadece bizim olsun. Sevdamıza "ah" edenler bitirdi, bunu da kimselere söyleme, sevinmesinler. Sen, kimseye bizden bahsetme sevgilim, bilmesinler sevdamızı, yaşadığımız o tutkuyu... Birlikte ağladığımızdan, güldüğümüzden bahsetme kimseye. Hepsi bizde saklı kalsın, bize özel kalsın. Keşkelerimizden bahsetme kimseye, mesela: Keşke son bir kez daha sarılıp boyundan öpme isteğimizden bahsetme. İnsanlar kötü çünkü sevgilim. Bize, sevdamızı yaşatmadılar. Bırak, anılarımız bizimle kalsın. Bizi öldürdüler ama anılarımıza dokunmasınlar.

Anladığımız varlığa karşı artık nefret duymayız. Tüm yaralarını kendi sarmış, etrafındaki kalabalığa rağmen türlü zorluklarla tek başına mücadele etmiş, her enkazın ardından kendisine uzanacak bir yardım eli beklerken yine kendi çabasıyla ayağa kalkmış bir kadın düşünün. Tasavvura sığmaz elbet. Tasviri de imkânsız, belki... Kendisini sürekli: "Sen güçlüsün, pes etmek yok." diyerek kalıp ve klişe sözlerle telkin ediyordu, evet. Fakat artık bu cümleler de büyüsünü yitirmişti. Yorulmuş, bıkmış ve usanmıştı. Bir takvim yaprağının arkasında, okuduğu o iki satır kan gibi damladı beynine:

"Çaresiz kaldığınızda, bilin ki çare sizsiniz."

Yeniden kalktı ayağa ve her şeyi yeniden düşündü. Tekrar yaşamak isterdi. Bu, sizi yanıltmasın. Bu, sonunu bildiği filmi tekrar izlemek, aynı yerlerde tekrar ağlamak isteği değildir. Hayır, tekrar yaşamak istemesinin sebebi bu değildi. Bu sefer tecrübeliydi. Kimilerine göre tecrübe denilen şey, hayattan yediğimiz kazıklardı fakat o, böyle düşünmüyordu; gerçekten dersini almış ve ezber etmişti. Modeller hep aynıydı. Kendini düşünen, çıkarcı, bencil insanlarla doluydu dünya belki ama o da eskisi gibi saf değildi artık.

Telefonu eline aldı, tüm engelleri kaldırdı ve numarayı çevirdi. İki defa çalan telefon, sanki kadının aramasını bekliyormuş gibi çok geçmeden açıldı. Adama bir şarkı ismi söyledi, "Dinle, sadece dinle." dedi. "Ben, sende tutuklu kaldım!" Söylemek istediklerini ne güzel anlatıyordu değil mi? Bir kadın, bir adama şu şarkıyı dinle diyorsa ona anlatmak istedikleri saklıdır şarkının tüm notalarında. Bestesi, güftesi, notası, melodisi, şairi, yazarı gibi, kısacası her şeyi, baştan aşağı kadını anlatıyordur.

Özgürlükleri paylaşmak gerek elbet, üretmek yetmez. Adam, ince bir hastalık gibi vücudunun her yerini sarmıştı. Kötü huylu olandı, tedavisi yoktu. Kaç ay ömrü vardı bu aşkın? Doktorlar da kestiremiyordu. Eyvah ki ne eyvah! İlmek ilmek dokuyarak dişiyle, tırnağıyla kazıdığı bu imparatorluğa bir adam gelecek ve kılını bile kıpırdatmadan yıkacaktı onu.

Erkeklerden nefret etmiyordu kadın fakat mutluydu kendi dünyasında. Durduk yerde söylememişti bu sözleri. Doktorlar yarasını sarabilirdi ama bu yarayı kimin açtığını bilemezlerdi elbet. Yarası çok derindi, acısı da o ölçüde büyüktü. Yakılmış, yıkılmış, yok olmuş sandığı, aslında deliler gibi âşık olduğu bu illetten kurtulamıyordu. Tam "Bitti bu sefer, kesinlikle bitti!" dediği sırada, eskisinden daha kuvvetli gelen kalp ağrıları dinecek miydi?

Kimler kimleri kandırıyordu aşk için? Bunca güzel insanın nabzını, şekerini, kolesterolünü, tansiyonunu, insülinini kısacası vücudundaki tüm fonksiyonlarını harekete geçiren bir güç, aynı zamanda tüm bu fonksiyonları nasıl yok edebiliyordu? Kendisini boğaz köprüsünden atan ve suya çakıldığında beton gibi paramparça olan bu beden, yine aşkın esiri miydi? İnanması zordu belki ama evet.

Aşk, insana hep uçları yaşatırdı. Tarif etmek için aradığımız sözcüklere, hiçbir dilin lügatinde rastlanmamıştı henüz. Bu sebeple deli gibi âşık olmak için bilgin olmaya gerek yoktur, kara cahil olmak da yeter. Bir kalp taşımak; sevmeyi bilen, ihanet etmeyen, temiz bir kalp taşımak, aslında mısır hazinesi taşımaya eş değerdir. Dilerim böyleler çıksın karşımıza.

Evet, bir kadın için bu hep böyledir, kelimeler değil, onları söyleyen ağızlar önemlidir. Kimin, neyi söylerken ne kadar samimi olduğu önemliydi elbette. Adamdan vazgeçemeyişi bu yüzdendi: Tam bir laf cambazıydı. Her lafı yerinde ve deyim yerindeyse lafı gediğine oturtarak konuşuyordu.

Kadın zekiydi, evet ama bir gönle aşk girince mantık devre dışı kalıyordu, bunu bilmeyenimiz yoktur. Ya da biz, aşka bir kılıf bulmak için, mantığa bürünüp bu şekilde açıklarız, içimizi ferahlatırız. Aptallığımızı bu perdenin arkasına saklarız. Neymiş efendim: "Aşkla mantık aynı bedende barınamazmış." Niye, biri diğerinin panzehri midir? Biri varken diğeri etkisini mi kaybeder? Hiç mi olmaz? Mantıklı âşık yok yahu bu dünyada! Kalbi, mantığından daha güzel olan kadınlar da tanıdım elbet, tanımadım değil ama o kalpleri, hep beyni olmayan adamlar kırdı maalesef.

İçimdeki şu acıyı söküp atabilseydim hiç bekler miydim seni?

Güzel olan ne varsa b*k ettin, her şeyi... Otur, kendini tebrik et.

Bir kadının saçlarından önce, umutlarını kestiğini öğrettin bana.

Gözlerimle gülerek anlattığım tüm anılarımı hiç ettin. Sahi, hiç düşündün mü bir hayali yıkmanın kötülüğünü, hiç yaşadın mı vicdan azabını? Sahi, var mıydı bir vicdanın?

Bak, bu haklı haksız davası değil.

Bu, acı bir sigarayla bir kadeh rakıyla geçecek kadar basit de değil.

Ulan, seve seve nefret etmek neymiş, onu öğrendim senden!

Bir sokağın karanlığına girip orada kaybolmak geliyor içimden.

İçim gidiyor da sen içimden gitmiyorsun bir türlü!

Yürüdüğüm tüm yollar bana uçsuz bucaksız gelir oldu.

Binaların üzerime geldiğini, içimdeki otobüslerin birbirine çarptığını hissediyorum.

Bir yokluk ancak bu kadar şiddetli olabilirdi.

Mümkün olan ne varsa aldın, götürdün.

En önemlisi, yaşadıklarından ders alabilmek ve aynı hataları bir daha yapmamakmış. Bundan önce neyi yanlış yaptığını bilebilmek, neden yaptığını bilmek... İnsanlar, aslında kendini sevmiyor; herkes kendisiyle çatışma hâlinde maalesef. Bunu kendi içimizde halletmediğimiz sürece, hep aynı insanları hayatımıza çekeceğiz, bu kesin. Tabii en çok da yalnız kalma korkusunu... Bunun, bizi yönetmesine izin vermememiz gerek. Biz kadınlar, aslında erkekler olmadan da çok değerliyiz. Onlarsız da çok mutlu yaşayabiliyoruz. Bizi isteyen bizimle kalır, istemeyen de defolur gider diye düşünüyorum artık. Kendine daha çok saygı duyman gerektiğini bil. İyi, doğru insanlarla karşılaşmak, onları hayatımıza almak bizim elimizde, bunu unutma.

Yarım kalan sevgiler…

Aşk ve hasret, sevgiliye duyulan aşk ve hasret değildir sadece. Anne ve babaya duyulan özlem ve aşk apayrıdır.15 yaşında bir genç kızdı hastalığıyla tanıştığında, yani annesinin rahatsızlık dönemiydi. Hem ergenlik hem de bazı şeyler ağır gelmeye başlamıştı belki de. Kendine geldiğinde hastane odasındaydı, anlam veremiyordu çünkü en son evde, telefonda arkadaşıyla günün kritiğini etmekteydiler.

Bir gece hastanede kaldı, ertesi gün tetkikler yapılacaktı. Ertesi gün, doktor sonuçları anne ve babasına söylerken uzakta duruyordu. Annesinin "Sinir hastası mı? Ama Doktor Bey bu imkânsız, benim kızım çok sakin bir çocuktur." cümlesini duyabildi Özlem. Şaşırdı.

İlaçlarla tedavi süreci başladı. Sürekli bir uyku hâli başlamıştı ve annesi bir şeylerin ters gittiğini anlamıştı. O dönemde Bursa'da oturuyorlardı, annesi İstanbul'dan yeni bir doktor buldu ve ona gittiler. Tetkikler yapıldı, bir gün uykusuz kaldıktan sonra 8 saatlik EEG çekimi yapıldı ve sonunda sonuçlar çıktı. Teşhis konuldu: Epilepsi yani halk arasında sara hastalığı... Özlem ve ailesi için şaşırtıcı olmuştu. İlaçlar teşhise göre yeniden düzenlenmişti.

Herkes için hayat bir sınavdır ama Özlem bu kadar çok sınavla karşılaşacağını tahmin etmemişti. 16 yaşındaydı, lisenin 2. sınıfına geçtiği yaz, annesi hastalığa yenik düşmüştü. Olgunlaşmıştı bir anda. Herkesin üzülüp kafa yorduğu şeyler ona anlamsız ve boş geliyordu artık. O hayatına devam etmek için mücadele etmeye çalışıyordu.

16 yaşından 32 yaşına kadar, hep annesinin özlemini içinde büyüdü. Yarım kalmış, doyamadığı bir sevgi... Derin bir yara olmuştu. 2014 yılının ekim ayında, gece yarısı gelen bir telefon hayatında daha fazla mücadele etmesi gerektiğini gösterdi ona. Güçlü müydü? Belki, ama yorgundu da.

Babası yoğun bakıma alınmıştı. Yine zorlu bir süreç onu bekliyordu. 1,5 ay yoğun bakımın kapısında endişeyle beklediler ağabeyi ile birlikte. Kimi zaman durumu ağırlaştı, içeri giremediler, sadece kapıdan bilgi alıp geri döndüler, kimi zaman da "Durumu iyiye gidiyor, görebilirsiniz." cümlesini duyup mutlu oldular. Ama Özlem umudunu hiç kaybetmedi. 50 günün sonunda babası yoğun bakımdan servise çıkmıştı. Ama şuuru eskisi gibi değildi, dalgalanmalar yaşıyordu, vücudu açılmaya başlamıştı. Gündüzleri bakıcı, akşamları işten hastaneye geçip Özlem refakat ediyordu. Babası gidip gelen şuuruna rağmen kızını düşünerek:

"Sen de hastasın, uykusuz kalma, yorulma kızım." diyebiliyordu hâlâ.

3 ay kaldılar hastanede. O 3 ay Özlem'e yeni şeyler öğretmişti: İnsanların mücadelelerini, ne zorluklar içinde yaşadıklarını, ilaç almaya imkânı olmayan hastaları tanıdı. Çok farklı kültürden ve sosyoekonomik sınıftan insanlarla can yoldaşı oldular.

Babası çok güçlü ve mücadeleci bir adamdı. Doktorlar, "Yoğun bakımdan çıkamayabilir." diyorlardı ama babası da Özlem de mücadeleyi bırakmadı. 3 ayın sonunda evdelerdi. Babasına moral olmuştu bu durum. Ama acı bir gerçek vardı ki şuuru hiçbir zaman eskisi gibi olamayacaktı babasının ve Özlem, dayanağının hayatta olmasına şükrediyordu.

Babası rahmetli eşini hasta yatağında bile anıyordu, sanki onu görüyormuş gibi onunla konuşuyordu. Özlem'i bazen o zannediyordu. Evde geçen 1 ayın sonunda babası ağırlaştı ve yine hastaneye kaldırıldı. Kalbi durmuştu ama o mücadeleci baba yine geri gelmişti. Yine yoğun bakım süreci başlıyordu onlar için. Kaldırıldığı hastaneden başka bir hastaneye sevk edildi gecenin bir yarısı. Endişeler başlamıştı yine. Şuuru kapanmıştı ve yine yoğun bakımdaydı. Her fırsatta görmeye, elini tutmaya gidiyorlardı. Özlem, hep inanıyordu babasının bu mücadeleyi de yeneceğine ki zaten öyle de oldu.

Babası konuşuyordu ama mecali kalmamıştı artık, çok yorulmuştu zihni ve kalbi. Bir süre sonra o kalp yenik düştü ve 12 dakika kadar durdu. Geri döndü ama bu sefer komaya girmişti. Artık dönüşü bir mucize olacaktı, bunun farkındaydılar. Camın arkasından görebiliyordu artık babasını. Dualarını göndermekten ve camın arkasından konuşmaktan başka çaresi yoktu. Ağabeyi, iş için yurtdışındaydı ve bu uzun süreci kuzeniyle birlikte yaşadı. Birbirlerine çok büyük destek vermişlerdi.

Babası komadayken elinden hiçbir şey gelmiyordu. 6 ay, komanın sonunda yılların üzüntüsü ve yorgunluğuyla o kocaman yürekli adamın kalbi bu mücadeleye yenik düşmüştü, hem de seneler önce kaybettiği sevgili karıcığının ölüm yıl dönümünden birkaç gün sonra. Artık tek sığınağı ve tek şımarabileceği adam hayatta değildi. Özlem'in yüreğinde kocaman bir boşluk kalmıştı. Annesi ve babası, yarım kalan sevgilerini yaşamak için kavuşmuşlardı artık ama Özlem'in derin yarası daha da büyümüş ve elinde, sadece, ileride evlatlarıyla paylaşabileceği sevgi kalmıştı belki de. Babası ölünce büyürmüş insan, evet ama en önemlisi, büyürken içindeki çocuğu koruyabilmekmiş.

Bırakın şu el âlemi artık, ne derlerse desinler! Onlar için mi yaşıyorsun bu hayatı? Hayır, kendin için yaşa! Önce, "ben" demesini öğren yoksa bitirir, yerler seni. Kim olduğunu bilmeden, geberip gidersin. İşte bu yüzden biraz bencil olmayı dene. Kendini sev, kendin için hep bir şeyler yapmaya çalış. Ne bileyim; kendine bir hediye al, seni mutlu eden insanlar olsun sadece hayatında, seni mutsuz eden ne varsa defet hayatından. Başkaları için yaşamayı bırak artık. Ben, bunu yeni anladım, evet, otuzundan sonra anladım. Geç mi kaldım, hayır çünkü tam olarak kendimi tanıyabildiğim o zamanlarda bunun farkına vardım. Yani benim için güzel zamanlamaydı. Yıllarımı bir adama verdiğimi, hep "İnsanlar ne der?" diye yaşadığımı fark ettiğimde tam otuz üç yaşındaydım. O günden sonra başka bir kadın oldum. Kendini daha çok seven, hayata başka bir pencereden bakan, hayatında bir erkek olmadan da mutlu olabilen, nasıl huzurluysa öyle yaşamayı seçen bir kadın oldum. Ve şunu anladım ki: Hayatını, sadece seni gerçekten hak edenlerle yaşaman gerekiyormuş.

Acı çekmiyor değildi kadın. Fazlasıyla çekiyordu ve tarifsiz diye tarif ediyordu acısını. Bu kaçıncı dalıydı kırılan, sayamıyordu. En son ne zaman gerçek bir huzur yaşamıştı? Hatırlamıyordu. Üzüntüden zorlanan beyni, artık onu idare edemeyecek kadar yorgundu. Evliydi fakat evlilik denilince bütün tüyleri ürperiyordu. Onu, bu hâle yaşadığı tatsız anılar getirmişti elbette. Oysa beklentiler böyle söylemiyordu.

O gece yine kocası eve geç gelmişti. Kadın, her şeyin ötesinde, itina ile koruduğu gururundan ödün vermeyen ve hanımefendiliğine gölge düşürmeyecek samimi bir ses tonuyla

“Hoş geldin.” dedi adama.

Hoş geldin… Fakat adam hoş değildi, gelişi, duruşu, tavrı… Eşi, onun için her daim yanında olacak olan, arkadaş ve akraba ziyaretlerinde onu onurlandıracak bir objeydi sanki. İlgisiz bir tavırla basit ve kayda değmeyen, kısa bir sohbetten sonra telefonu eline aldı ve dünyadan koptu yine… Adam, dünyadan uzaklaşırken kadının dünyasında fırtınalar kopuyordu. Kadın için artık bu durum alışagelmişti. Fakat aynı adam, başkalarının yanında farklı bir adam oluyordu. Kadını en fazla üzen şeylerden biri de buydu çünkü kimse, onun gördüğü maskeyi görmüyordu. Adam, başkalarının yanında karısına sadık, mangalda kül bırakmayan cümleler kurup, ilgili tavırlar sergileyip duruyor ve kadını hiç öpmediği kadar öpüyordu. Kadın için o an bütün öpüşler değerini yitiriyordu. Dışarıdan görenler, kadına onu çok seven bir kocası olduğunu, ne kadar şanslı olduğunu hatırlatıyordu. Fakat kadın bildiklerini ve hissettiklerini dile getiremiyor, içinde yaşıyordu çünkü yüreği ve zihni çok yorulmuştu. Kadın için artık bu ev, bir yuvadan çok 7/24 çalıştığı bir iş yeri gibiydi. Bu monotonluk onu çok sıkıyor ve iyiden iyiye aşağı çekiyordu. Kendi değerinin farkına vararak bunu sonlandırma kararı almıştı artık ve kendine dağlar kadar güveniyordu. Yarın güneş onun için doğacaktı.

Evlilik uğruna yarım bıraktığı 3 yılı telafi etmeye, önceki eğitimine kaldığı yerden devam etmeye başladı. Hukuk fakültesinde, 3. sınıfta okuyordu; herkesin imrendiği sosyal bir yaşantısı vardı ama evlenerek bu yaşantıdan uzaklaşmıştı. O sabah, büyük bir heyecanla kalkıp hazırlanarak aftan faydalanmak için okula gitti. Öğrenci işleri ile görüştü ve kaydını yeniledi. Artık, kaldığı yerden devam edecekti. İlk planını gerçekleştirmiş oldu. Okula geri dönüşüne sayılı günler vardı ve bu, onu uzun zamandan sonra heyecanlandıran tek şey oldu. Eve döndüğünde yüzündeki tebessümü gizleyemiyordu ve adam, eve geldiğinde karısında farklı bir şeyler olduğunu anlayarak neyi olduğunu sordu. Kadın, bir şey olmadığını söyleyerek adamın sorusunu geçiştirdi çünkü okula başlayana kadar bir şey söylemeyi düşünmüyordu.

Kadının sabırsızlıkla beklediği gün gelmişti. Uyandı ve okula gitmek üzere hazırlandı. Adam, şaşkın bir ifadeyle karısına nereye gittiğini sorduğunda kadından onu daha büyük bir şaşkınlığa düşüren cevabı aldı. Böyle bir kararı neden aldığını, neden ona danışmadığını ve neden onunla daha önce paylaşmadığını sordu adam. Hiçbir şey umurunda değildi kadının ve bu soruları geçiştirmekle yetindi sadece.

Okula vardığında eski sınıf arkadaşlarından birkaç tanıdık yüz görmüştü. Onlar da bitirememiş, aftan faydalanmışlardı. Eski birkaç tanıdığı görmek iyi gelmişti kadına. Derse girdiğinde, amfinin kalabalığını görünce ve oradaki ahşap kokusunu teneffüs edince ne kadar özlediğini fark etmişti. Öğretim görevlisi amfinin kapısından içeri girdiğinde kadının yüzünde şaşkın ve mutlu bir ifade belirmişti. Evet, öğretim görevlisi okurken derslerine giren asistandı ve zamanında ikisi de birbirine karşı platonik duygular besliyordu. Adam da kadını gördü ve gülümsedi. Kadın, o tanıdık adamla ders sonunda sohbet etmek için heyecanlanıyordu ve sürekli saatine bakıyordu. Nihayet ders bitmişti ve amfi boşalmaya başlamıştı. Kadın, son notlarını alırken, başında birinin beklediğini fark ederek kafasını kaldırdığında öğretim görevlisi olan eski aşkıyla göz göze geldi ve konuşmaya başladılar. Seneler sonra karşılaşmanın verdiği şaşkınlık, mutluluk ve heyecanla kimi zaman ellerini nereye koyacaklarını bilemediler, kimi zaman da seneler önceki mahcup tavırlarıyla gözlerini birbirlerinden kaçırdılar. Günün sonunda okulun karşısındaki kafede buluşup bir şeyler içmek için sözleştiler.

Dersler bitmişti ve kafede buluşmuşlardı. Adam, kadının parmağındaki yüzüğü gördü ve evli olduğunu fark ettiğini dile getirdi. Adam boşanmıştı. Kadın, uzun zamandan sonra ilk kez böyle, keyifli hissediyordu. Elinden alınmış yaşama sevinci, sanki ona özgüvenle birlikte geri hediye edilmişti. Keyifli ve bol kahkahalı birkaç saatin nasıl bu kadar çabuk akıp geçtiğini fark etmediler. Geç olmuştu ve kadının eve gitmesi gerekiyordu. Ertesi gün görüşmek üzere vedalaştılar.

Kadın eve geldiğinde kocası evde bekliyordu. Gününün nasıl geçtiğini merak ediyor, eşine sorular sorup merakını gidermek istiyordu. Yemek yerken, kadın kocasının kendine yönelttiği soruları geçiştirerek cevapladı. Çünkü daha önce ilgisiz olan kocasının bu ilgili hâlleri ona sahte geliyordu. Kadın, seneler önceki gibi, sabah olmasını ve okula gitmeyi iple çekiyordu. Sabah olmuştu dersi, öğlen başlayacaktı ama hazırlanıp erkenden okula gitmişti. Okulun karşısındaki kafede oturup, ders çalışırken adam geldi ve önceki gün yarım kalan sohbetlerine devam ettiler.

Uzun bir süre böyle devam etti. Adam, artık duygularını daha fazla tutamıyordu, kadına temas ettiğinde dizlerinin titrediğini ve kalp atışlarının hızlandığını hissediyordu. Kadın, kendisini kocasına karşı suçlu hissettiğinde, kocasının ilgisizliğini aklına getirerek kendini rahatlatmaya çalışıyordu ve sürekli eski platonik aşkının yanında olmak istiyordu. Günler geçtikçe kadının umursamaz tavırları kocasının dikkatini çekmeye başladı, kadının ilgisizliği kocasının ilgisini artırdı.

Bir hafta sonu kadını çok şaşırtan bir olay oldu. Senelerdir sürpriz yapmayan kocası, beraber gidecekleri bir tatil planı yaptı. Kadın istemeyerek ve aklını, yüreğini İstanbul'da bırakarak gitti tatile. O âşık olarak evlendiği, yakışıklı ve kariyer sahibi kocası onu hiç etkilemiyordu artık. Tatildeyken, kocası kadına baba olmak istediğini söylediğinde, kadın, bir önceliği olduğunu, yarım bıraktığı okulunu tamamlayarak diplomasını almak istediğini söyledi. Artık onlar için çok geçti. Belki de bu evliliğin sonu gelmişti kadın için. Ama o ilgisiz kocasının birden üstüne düşüp ilgilenmesi ve çırpınması, onun egosunu tatmin etmiyor değildi.

3 günlük hafta sonu tatilinin ardından koşa koşa okula gitmişti kadın. Adamın yanında bir kadın vardı ve içten içe merak ederken, kıskanırken buldu kendini. Aklına, hafta sonu onun için çırpınan kocası geldi ve vicdanıyla yüzleşirken buldu kendini. Kadının beden dili flört ettiğini ele veriyordu resmen. Adam, kadını görünce yanındaki kadınla vedalaşarak kadının yanına geldi. Ayaküstü konuştular ve derse girmek için ayrıldılar. Kadın, kendini büyük bir çemberin ortasında hissetmeye başlamıştı. Kocasına ikinci şans vermeyi de düşünmüyor değildi.

Ders bitmişti ve kadın kafeye gitmişti. Adamla buluşmak için sözleşmemişlerdi bu defa. Adam kafeden içeri girdi, gözleri kadını arıyordu. Sohbet etmeye başladılar. Adam, kadına dersinin bittiğini, onu harika bir yere götürmek istediğini, vakti olup olmadığını sordu. Kadın, müsait olduğunu söyledi ve yola çıktılar. Tedirginlik duyuyordu kadın. İstanbul'a yakın, küçük bir sahil kasabasına gidiyorlardı.

Adam, arabanın bagajından bir çanta, iki küçük ahşap tabure ve bir küçük sehpa çıkartıp sahile doğru yöneldi. Çantadan iki kadeh, bir şarap ve hazırladığı peynir tabağını çıkartıyor, sehpayı hazırlıyordu.

Sohbet etmeye başladılar. Kadın çok mutluydu. İkisi de birbirlerinin gözlerindeki mutlulukta boğuluyorlardı. Adam, kadına sarılarak, onu çok sevdiğini söyleyip onu öpmeye başladı. Kadın, tedirgin ve mahcup ama bir o kadar da mutluydu. Kocasını hatırlamak istiyor ama yapamıyordu çünkü o anda onu yaşamak istiyordu. O gün, hayatında daha önce yaşamadığı bir şeyi yaşıyor ve büyüleniyordu. Yasak aşkın sınırları o gün orada kırılıyordu. Kadın, adamın dudaklarını dudaklarında her hissettiğinde, yüreği titrerken bir yandan da vicdanıyla savaşıyordu.

Akşam evine giden kadının dalgınlığını fark eden kocası,

yorgun olup olmadığını sordu. Kocasının yüzüne her baktığında, sanki kocasının olanı biteni anladığını düşünerek gözlerini kaçırıyordu. Sonunda yorgunluğu, hâlsizliği bahane ederek yatağa gitmeye karar verdi.

Kocası, o gece, uzun zamandır sarılmadığı kadar sıkı sarılıyordu karısına. Kafasındaki bulutlarla uyumaya çalışan kadının dudağına bir öpücük kondurdu. Kadın, zihninden, birkaç saat önce deliler gibi öpüşüp seviştiği platonik aşkını geçirmekteydi. Kocasına ihanet etmişti, evet ama içini rahatlatmanın bir yolu olmalıydı. Düşünmemeye çalışıyordu çünkü düşündükçe o özel anların bir toz bulutu hâline dönüşmesinden korkuyordu. O an, tek dileği kocasının ona dokunmamasıydı ve bir an önce günün doğmasıydı.

Sabah olmuştu ve dilediği gibi kocası yorgun olduğunu düşündüğü karısının rahatça uyumasına müsaade etmişti. Kafeye gitmeden direkt derse gitmişti, aşkı oradaydı ve yüzüne bakamıyordu kadın. Yaşadığı şeyi tekrar yaşamak istiyordu ve yaşayacaktı da... İkisinin de dersleri yine erken bitiyordu, kadın amfiden ayrılırken adam peşinden koştu. Pişman olup olmadığını sordu. Kadın, "Yeri ve zamanı değil, sonra konuşalım." dedi ve beraberce yine okuldan çıktılar. Adam, bugün kadını yine kaçıracağını ve farklı bir yer olacağını söyledi. Kadın, pişman olmadığını ve bunun, ne süre böyle devam edeceğini sordu. Adam planlamamaları ve akışına bırakmaları gerektiğini söylediğinde, kadın evli olduğunu hatırlattı.

Gidecekleri yere varmışlardı ve onları yine harika birkaç saat bekliyordu. Kadın ne kadar kontrolünü sağlamaya çalışsa da zaaflarının, arzularının önüne geçemiyordu. Akşam eve döndüğünde kocası ile ilgilenmesi gerektiğini, bunu nasıl yapacağını düşünüyordu. Onu yeniden arzulayan kocasına ihanet ettiğini düşünüyordu.

Kadınla adamın yasak aşkı gittikçe artarak devam ediyordu. Hafta sonlarını ayrı geçirmek onlara çok zor geliyordu. Aşkları biraz acı vermeye başlamıştı aslında. Kadın, artık yaşadığı ilişkiyi daha fazla içinde tutamayarak en yakın arkadaşıyla paylaşmaya karar verdi. Arkadaşı bir yol çizmesi gerektiğini, onu çok seven ve eskisinden daha ilgili bir kocası olduğunu hatırlattı kadına. Kadının aklı iyice karışmıştı ve adamla görüşmelerine ara vermeye başladı. Ama çok fazla karşı koyamadı.

Kocası, bir gün kadın okuldayken onu aradı ve dersi bittikten sonra buluşup önemli bir konuda konuşmak istediğini söyledi. Kadın, kocasının öğrenip öğrenmediğini, eğer öğrendiyse nasıl bir açıklama yapacağını düşünmeye başlamıştı. O gün dersler kadına bitmek bilmiyordu ve düşündükçe karnına kramplar giriyordu. Dersler bittikten sonra kocasıyla buluştular. Kocası, kadına okulu bırakmaya mecbur olduğunu söyledi. Kadın, şaşkınlıkla neden olduğunu sorduğunda kocası, işi gereği yurtdışına taşınmaları gerektiğini söyledi. Kadın, okulunu burada bitirmek istediğini ve bir yere taşınmak istemediğini, eğer illa da gitmeleri gerekiyorsa o zaman kendisinin gidebileceğini söyledi kocasına. Kocası şaşkın, kendisini nasıl yalnız bırakabileceğini sorduğunda kadın, senelerdir yalnız olduğunu ve hedeflerinden onun için bir kez daha vazgeçmeyeceğini söyledi. Adam, kadının boşanmak istediğini ya da evliliklerini uzak mesafenin gerektirdiği şekilde yürütmek istediğini düşünüyordu. Fakat kadın, bu şekilde olmayacağını ve boşanmak istediğini söyledi. Kocası bunu hiç beklemiyordu, inanamadı. Yıllardır evde oturan ve hiçbir şeye sesini çıkarmayan, her şeyi sineye çeken, girdiği ortamlarda yanında süs gibi gezdirdiği o acı çeken kadın değildi sanki. Kadının kararlılığını gözlerinden görebiliyordu adam ve bu kararını çok fazla sorgulamayarak, kararına saygı duyduğunu belirterek işlemleri başlatacağını söyledi.

Adam, o akşam eve gitmemişti. Kadının ertesi gün okulu yoktu ve bir an önce aşkına bu haberi vermek istiyordu. Kadın, adamın yanına gitti ve konuşmaları gerektiğini söyledi. Adam ders çıkışı kafeye geldi ve kadın ikisi için harika olan haberi adama söyledi. Adamın sevinçten gözlerinden yaşlar süzülüyordu. Seneler önce âşık olduğu kadın, artık sadece ona ait olacaktı. Sadece birbirlerine ait olacaklardı. Engelsiz ve kuralsız...

Hayatımız tesadüflerle doludur ama yolumuzu çizmek bizim elimizdedir!

Bir kadın bu hayatta ne kadar şansız olabilir ki? Soruyorum size. Evet, tahmin bile edemeyeceğiniz kadar...

O yıllar, yoğun bir iş hayatı olan kadın, "aşk nedir" bilmezken aşkın tam içine düşer. Öyle bir âşık olur ki ve öyle birine âşık olur ki aşkını anlatmaya çekinir. Amcasının oğluna, evet, öz amcasının oğluna âşık olmuştur ve bu aşk maalesef karşılıksız değildir. Tamamen yasak bir aşk gibi yaşarlar aşklarını. Kadının ilişki ve aşk konusundaki şanssızlığı o yıllarda başlamıştır.

Peki, bir kadın ne kadar verici olabilir karşısındakine? Evet, bu kadın bu hayattaki en verici ve en iyi niyetli, kendinden çok karşısındaki düşünen kişiydi. Ne yaşadıysa aslında hep bu sebepten yaşadı. Amcasının oğluyla yıllar süren aşkının bir gün, televizyonda haberleri izlerken son bulacağını nereden bilecekti ki kadın. Evet, haberlerde âşık olduğu adam vardı. Yüzlerce kişiyi dolandırmıştı. Kadın, olayın şokuyla "Nasıl?" sorusuna cevap aradı sürekli ama bulamadı cevabını hiçbir zaman. Evet, yaşanan bu şey bitmeliydi artık çünkü devam etmesi mümkün değildi. Bir şekilde unutmaya, hayata devam etmeye çalıştı. Kendini daha çok işlerine verdi.

Bir gün kendi departmanına bir adam işe alındı. Karşı masasına yerleşti adam. Kadın, o zamanlar bilemezdi tabii bu adamın bir öncekinden beter olacağını. Ve kadın yine aşkı tattı ama bu sefer bedelı daha ağır olacaktı...

Güzel bir arkadaşlık başlamıştı. Kadın, her şeyden habersiz aşkın tüm heyecanını, güzelliklerini yaşıyordu. Bir gün adamın evli olduğunu ve iki çocuğu olduğunu öğrenince yıkıldı. Ama adamın kadını ikna edecek sebepleri vardı tabii ki. Kadını aldı karşısına ve konuştu, her şeyi anlattı. Evet, adam evliydi ama bitmiş bir evlilikti. Sadece kâğıt üzerinde sürüyordu. Kadın, çok güvendiği için adama inanmıştı çünkü adam kanıtlarla ikna ediyordu kadını. "Boşanmak istiyorum ama maddi sebeplerden boşanamıyorum." diyordu. Kadın ise o kadar merhametli ve temiz yürekliydi ki adam ne dese kanıyor, adamın çocuklarını kendi çocukları gibi benimsiyor, ne ihtiyaçları varsa karşılıyordu. Çünkü kadın varlıklı bir ailenin kızıydı. Çalıştığı iş yeri aslında kendi şirketleriydi ve adam da orada bir çalışandı. Ama bunlar engel değildi kadının o adamla aşk yaşamasına. Her şeye göğüs gerebilirdi kadın, ailesine bile.

Adam, yavaş yavaş işlemeye başladı kadını. Çocukların annesi ev istiyor, eğer almazsam boşanmıyor, diyordu. Adam, kadını ikna edebilmek için deli âşık rolleri oynuyordu sürekli. Aslında kadının çevresinden yakın arkadaşları, dostları bu adama çok güvenmemesi gerektiğini sürekli söylüyorlardı ama insan bildiğini okumakta çok başarılıdır değil mi?

Kadın, kesenin ağzını iyice açmıştı artık. Kendi ailesine de bir şeyler belli etmeden sürekli harcamalar yapıyor, bankalara borçlanıyor, o evin ne ihtiyacı varsa karşılıyordu. Yeter ki çocukların annesi ikna olsun, boşansın diye. Çünkü adam inandırmıştı mutsuz bir evlilik yaşadığına. Kadın kredi çekti ve çocukların yaşayabileceği iyi bir ev aldı. Artık boşanmaması için hiçbir engel kalmamıştı. Ve adamın dediği gibi oldu: Boşandılar. Ama kadın nereden bilecekti bunların hepsinin adamın oyununun bir parçası olduğunu.

Kadın hâlâ bir şeylerin farkında değildi. Düğün hazırlıkları, ev kurmalar derken evlendiler. Tüm masraflar kadının ailesi tarafından yapıldı tabii çünkü adamın hiç parası yoktu.

Aylar geçti, kadın hâlâ bazı şeylerin farkında değildi, ta ki bir gün şirkette parasal konuda bir şeylerin yolunda gitmediğini anlayana dek. Adam artık ailenin içine girdiğinden şirketteki pozisyonu değiştirilmişti ama adamın bu durumu kötüye kullanacağı kimsenin aklına gelmemişti. Kadının hayatına giren bu adam da tam bir dolandırıcıydı. Şirketten para sızdırıyordu, her şeyi kılıfına uydurarak ufak ufak götürüyordu. Ama dediğim gibi, bu da çok uzun sürmedi ve her şey açığa çıktı. Tüm tedbirini almış adam böyle kötü günler için. Kadın boşanmak istediğini söylediğinde adam tüm kozlarını oynamaya başladı. Tehditten tut da intihara kadar, ne kadar oyunu varsa oynamaya başlamıştı. Boşanmak için yüklü miktarda para istemeye kadar gitmişti mevzu. Ama kadın hiç pes etmedi, belki maddi açıdan büyük kayıplar yaşamıştı ama hiç yılmadan savaştı ve boşandı.

Evet, hayat yine devam ediyordu. Kadın aile şirketinden ayrılmıştı artık, çalışmak istemedi o ortamda bir daha. Kendine bir iş kurdu yakın bir arkadaşıyla birlikte. Yaşadıklarını unutmaya çalışıyordu çünkü yaşananlar gerçekten onur kırıcı ve ağır şeylerdi.

Yeni işinde ürün temin ettikleri yerden bir erkekle münasebeti başladı. Ama bu sefer "aşk" denilen illet yoktu duygularında. Sadece arkadaşlık vardı ve öylece, aylarca görüştüler.

Adam temiz yüzlü, kibar, çalışkan bir erkekti. İyi niyeti de cabasıydı. Kadının resmen eli ayağı olmuştu. Her türlü işine, ihtiyacına hatta ailesinin ihtiyaçlarına da koşuyor, yardım ediyor, destek oluyordu. Ama dediğim gibi bu sefer aşk yoktu. Kadın duygularıyla değil de mantığıyla hareket etmek istiyordu ki öylede yaptı.

Birbirini tanıdıkları dönem, aslında kötü bir zamana denk gelmişti. Kadının annesi maalesef kansere yakalanmıştı ve bu durum kadının bir tarafını yıkmıştı. Sanki daha bir tutunma ihtiyacı hissetmişti kadın adama bu sebepten. Ve anne, ölmeden kızının tekrar yuvasını kurmasını istiyordu. Adam, kadının annesine kendi annesi gibi yardım ediyor, doktorlara taşıyor, her türlü yardıma koşuyordu. Bu, kadında kesinlikle iyi bir imaj yaratmıştı. Ve kadının annesi ölmeden düğün yapıldı. Evet, biraz aceleye gelmişti ama yine de güzeldi her şey.

Annenin ölümüyle başka bir dönem başlamıştı kadının hayatında. Doğru gitmeyen bir şeyler vardı evliliklerinde ve kadın bunun farkındaydı ama ne olduğunu çözemiyordu bir türlü. Belki de çözmek istemiyordu, yorulmuştu çünkü artık. Adamın o iyi görünen iş hayatı da pek iyiye gitmiyordu artık. Sürekli ödemelerle boğuşup duruyorlardı. Açıkçası cinsel hayatları da pek yolunda gidiyor denemezdi. Adam, her gece koltukta uyuyor, bazen kadının zorlamalarıyla, mecburiyetten yakın davranmaya çalışıyordu sanki. Aslında dediğim gibi, kadın her şeyin farkındaydı ama bir türlü dile getirip de konuyu açamıyordu. Ama kadın işte, dayanamadı ve bir gece adam uyurken telefonunu karıştırmaya karar verdi. Ve gördükleri karşısında ne yapacağını bilemedi. Çünkü adamın telefonunda yüzlerce kadın fotoğrafı, garip videolar vardı. Ve bazı yazışmalar tabii... Kadının endişeleri o kadar büyüktü ki yüzleşmekten korkup telefonu olduğu gibi geri bıraktı. Ailesi yaşadığı bu iki evliliğe de başından beri karşı çıkmış ve gönülden onay vermemişlerdi. Maalesef, yine haklı çıkmışlardı.

Bir sabah ayrılmak istediğini söyledi kadın. Adam, hiç yorum yapmadan evi terk etti nedense. Sonradan kendini gösterecekmiş meğer. Boşanmak için şartlarını sundu kadına. Bu kadının kaderiydi sanırım: Dolandırılmak, sevilmemek, kandırılmak... Ama bu sefer bir öncekinden daha da güçlüydü kadın. Buna da istediğini vermeyecekti ve sonuna kadar mücadele edecekti ki dediğini yine yaptı kadın. Ama kadın bir şeyi anlamamıştı: Bu hayatta kim daha adamdı? Kim kadındı, kim adamdı? Karşısına çıkan adamlardan daha mı adamdı bu kadın? Ya da hayat kadına böyle olmayı mı dayatıyordu? Ve kadın tüm yaşadıklarından anladı ki bu hayatta bir adama ihtiyacı yoktu çünkü kendi hayatına girenlerden daha adamdı ve onlarsız daha mutluydu.

Başını her yastığa koyduğunda kalbinin dinmeyen öfkesi başlıyordu. Bu yüzden daha az uyuyor, daha çok sövüyordu adama. Adam onu hak etmemişti, o ise bu yaşadıklarını. Aklına sığmıyordu olanlar.

Kadın güzel bir cümledir ama her cümlenin sonunda bir nokta vardır. Ne anlama geliyor nokta sizin için? Her şeyin bittiğini, tükendiğini belgeleyen işaret mi yoksa bu demi de yaşadın, sırada yenileri var, toparlan ve yeni denizlere açıl mı? Sizce hangisiydi? Bence her ikisiydi. Zayıfsa karakterin, yok olmaya ve yıkılmaya müsaitsen ilk soruyu sorarsın. Güçlüysen, umutluysan, heybendeki sevgi hem sana hem etrafındakilere yetiyorsa, tanımışsan hayatı, öğrenmişsen sana yaptığı kalleşlikleri; bir daha düşer miyim tongaya, yer miyim ben bunları diyorsan ikinci soruyu sorarsın. Sonuçta her güzel şeyin bir sonu vardır ve tüm sonlar insanoğlunun bastırdığı, ötelediği, bilinçaltına attığı tek şeydir. Yaşananlara da "Bir yerde dur." demek, nokta koymak gerekir. Fakat bunu uygun yerde ve uygun zamanda yapmalı, yapmalı ki etkisi büyük olsun.

Toprak gibiydi kadın, üzerine basa basa sertleştirdiler. Ölüm, aniden gelip canını bedeninden ayırsa amenna ama ahtapot öldürür gibi, kafasını taşa defalarca vura vura yok etmek istediler onu. Kadın yok olsa toprağa karışır, baharda tomurcuk olup açar, yazın meyveye dönüşür. "Yok oldu." dediğiniz yerde, Anka kuşu misali yeniden doğar küllerinden.

Hayat, artık elinden oyuncağı alınmış bir çocuğun ağlaması kadar doğal ve masum gelmiyordu kadına çünkü o çocukken ağladığında her şey onun oluyordu. Fakat şimdi günlerce, gecelerce ağlıyor, gözleri sussa yüreği kan ağlıyor ama yine de istekleri gerçek olmuyordu.

Erkek çabuk büyür doğası gereği ama kadın hassastır, narindir, savunmasızdır vahşi hayvanların doğadaki saldırılarına. Bazen bir güzel söz yeter, bazen de bir tatlı gülüş alıverir aklını başından. İşte, bu masum ve narin yaratıklar, bıkmadan, yorulmadan, istemsizce çalışan kaslar gibidir vücudumuzdaki. Siz hiç nefes borunuzun, "Ben, artık yoruldum, bak başının çaresine." dediğini duydunuz mu? Bıkmadan, usanmadan ona verilen ömür neyse, o sürece çalışır, hep çalışır. Kadın da böyledir; hiç yorulmaz, yılmaz, tükenmez sabrı, sevgisi ve engin bir yüreği vardır.

Bir an, kalbi ateş gibi şu düşünceyle yandı: Kendi isteği dışında gelmişti hayata, evet ve hayretler içerisinde yaşamıştı bu hayatı. Bildiği tek şey ise tiksinerek gidecek olmasıydı bu hayattan.

Erkeğin, kadının yüreğinde açtığı yaralar yetmiyor muydu? Dışarıdan da görünmesi mi gerekiyordu aldığı darbelerin? Bir erkeği, insan olma yolundaki ilk basamaktan alıp da cehennemin dibine koymayı istemenin sebebi budur işte: Kadına şiddet. Üzerinde onca saat konuşuldu, yüzlerce kez ele alınıp işlendi fakat sadece kadının beynine işlenmiş olmalı ki yazılanlar, konuşulanlar erkeğin beyninde hiç etki yaratmadı. Nefret, vücuda işlemiş bir tümör gibi gün geçtikçe büyüdü kadının yüreğinde. Kırılan sigara bile duman vermezken adam kırdığı kalpten ne bekliyor sizce? Artık sesle dile getiriyordu övgülerini, sövgülerini çünkü tıpkı erkeğin hışmı gibi kadının küfrü de içten geliyordu.

"Parçalamak, vahşi hayvanların işi, senin değil." diyordu kadın haykırarak. Oysa o, Ege'de rüzgâr, Akdeniz'de limon çiçeği, İç Anadolu'da bozkır, Erzurum'da lapa lapa kardı. Kadın hem dertti hem de derde dermandı. Onun kalbinde kapanmayacak yaralar açmak yetmemişti ki bedenine saldırmıştı vahşi hayvanlar. Parçalanan, kırılan, acıyan sadece yürek değildi elbet. Aynaya baktığında gözaltlarında gördüğü morluklar, erkek denen mahlukata duygularını kabartıyordu elbette. Aynadaki dayak yiyen sadece kadın değildi, içindeki küçük çocuk da dövülmüştü; onun da hayalleri yıkılmıştı, uçurtması dala takılmıştı, yere düşmüş, dizi kanamıştı, belki topu patlamış ya da horoz şekeri elinden alınmıştı. Çocuk ruhluydu çünkü kadın, severdi her şeyi, doğasında vardı karşılıksız sevmek. Dedim ya, içindeki çocuk dövüldü, ezildi, üzüldü, kırıldı; hayalleri bir bir yakıldı; düştü, yerlerde sürüklendi saçlarından, sonra ayağa kalktı ve silkelenip kendine geldi. Şimdi, iyi tanıyor kendini, iyi biliyor karşısındakinin niyetini; herkesin de cennetten kovulan melek misali kanatları olmadığını iyi biliyor. Şimdi, tüm fırtınaları şiddetlerine rağmen bastırabilir kadın çünkü yazdan yapmıştı kış hazırlığını.

Özlemenin de bir sınırı olmalı değil mi? Yaşarken ölmek değil mi özlemek? Bir saniye bile görsem, kokusunu çeksem içime, gözüne baksam, dokunmasam da hissetsem isteklerinin vücut bulmuş hâli değil mi özlemek?

Bir aydan fazla olmuştu çalkantılı günlere son vereli. Yorgun olduğu her hâlinden belli olan, çekici bir kadındı oysaki Başak. Ne gelgitler, ne duygular, ne karmaşalar yaşamıştı oysa bu bir yılın içerisinde. Belki de o karmaşayı bile özlüyordu. Gitmişti artık sevdiği adam; almışlardı elinden; tutamamıştı bu defa, tutacak gücü de yoktu zaten, ufacık çabalasa da kendi içine dönmeyi tercih etmişti bu defa. Çareyi kitaplarında, arkadaşlarında, gezip dolaşmakta ve en çok da kendisini işine adamakta bulmuştu. Önceden yaptığı hataları sorguluyor, kendini değiştirmeye çalışıyor, daha çok kendini sevmeye gayret ediyordu. Şunu öğrenmişti bu defa: İnsan kendini sevmezse bu hayatta kimse onu gerçekten sevemezdi. Evet, özlüyordu ama alışmıştı artık yokluğuna hatta kendisine çok değer veren bir adama ufaktan kendini açmaya bile başlamıştı son bir, iki gündür.

Bencillik miydi bu, o da bilmiyordu. Tek bildiği, acısını kendi hücrelerinden bir an önce uzaklaştırmak istediğiydi. Tabii ki uzunca bir süre, âşık olmak fikri ona çok uzaktı ama insan kendi değerini fark edip kendini sevmeye başladığında, etrafında onu çok seven insanları görüyor olmak, benliğine ciddi huzur veriyordu.

Yavaştan ilerleyen bir ilişkiydi bu, koşmuyordu bu sefer, kendini daha çok önemseyerek, kendine daha fazla inanarak ve bu defa sadece huzur arayarak ilerliyordu yolunda. Tabii ki hatalar insanlar için, kimse mükemmel değil ama en azından kendini değiştirerek dünyasının da büyük oranda değişeceği gerçeğine inandırmıştı kendini.

Poyraz, işi gücü yerinde, maddi olarak kendine yetebilen, yakışıklı sayılacak ve güzel kalbi olan bir adamdı. Başak'a olan duygularını gizlemiyordu, değer verdiğini her fırsatta gösteriyor ve Başak'ı hiçbir konuda zorlamıyordu; o nasıl isterse ilişkileri tam olarak öyle devam ediyordu. Keyifle devam eden; huzurlu, dingin, tartışmasız, sorunsuz bu durum, aklında soru işareti bile bırakmıyordu Başak'ın. Değerli hissettiği her an için şükrediyordu ve Allah'ın doğru zamanlarda, doğru kişileri hayatımıza sokarak bizleri mükâfatlandırdığına inanıyordu; hiçbir şey tesadüf değildi onun dünyasında.

Poyraz'la sohbet etmekten büyük keyif alıyordu ve bu ilişkiyi, bu hâlden daha ileri bir boyuta taşımak fikri henüz yoktu aklında. Belki de âşık olmaktan çok, Mert'i unutacak olmak dokunuyordu ona. Ne acıydı! Emekleri, duyguları, uzun geceleri, bakışları, sohbetleri, sofraları, yaşadıkları her şey geride kalıyordu ve her geçen gün biraz daha uzaklaşıyordu Mert ondan. Haber bile almıyordu. Bazı günler, yaşadığından bile haber alamayacak kadar uzaklaşmıştı ondan. Özlemek, dünyanın en zor, en sabır isteyen duygusuydu ve sonunda vuslat olacaksa çok güzeldi, kavuşmayacağını bile bile özlemek ise ne bencilce idi. İnsan, kendine bunu yapmamalıydı ama kalbine söz geçiremiyordu işte. Artık özlem duygusu onu, fazlaca acıya alıştırıp bundan canının yanmaması gerektiğini, bir kat daha güçlenmesi gerektiğini öğretiyordu. Mert, değer verilecek bir adam değildi, bundan tam olarak emindi fakat neydi ki bu adama duyduğu bu hisler? Çok sevmişti o da Başak'ı, belki de çok kez hissettirebilmişti fakat bunun yanında, yaşadığı kıskançlık krizleri, güvensizlikleri, kendi açıklarını kapatmak için Başak'ı defalarca ezerek yere serişleri devede kulak olabilirdi o sevgisi yanında. Günün birinde, vicdansız bir şekilde Başak'ı hiç dinlemeden, inanmadan, insanlara inanmayı tercih ederek gidişi de tam Mert'e yakışacak bir davranıştı çevredeki herkese göre. Bir tek Başak görememişti, kendisiyle hiç uyum içinde olmayan bu adama biçtiği gereksiz değeri. Kendisini adadığı, emekler verdiği, ruhunu tam olarak teslim ettiği o adamın böyle vicdansız bir şekilde davranacağı gerçeğini herkes ön görmüştü de bir tek kendisi görememişti.

Zaman geçtikçe, acılar yerini soğumuş birer duyguya bıraktıkça, işin içinden uzaklaştıkça Başak için büyük resmi görmek pek zor olmuyordu artık. En azından, kulağına Mert hakkında gelenlere inanmak istemese de iliklerine kadar biliyordu aslında gerçek olduklarını. Her kadının hayatında, en az bir kere yaptığı bir şey değil miydi hayal ettiği bir adamı, hayatındaki adamlara oturtmaya çalışması? Tam olarak buydu yaşadığı. İşte, bu yüzden Poyraz konusunda korkunç derecede temkinli hareket ediyor ve bunu her defasında ona da hissettiriyordu. Mutluydu birkaç gündür. Çalan şarkıları artık gülümseyerek dinliyor ve gözünden bir tek damla yaş akmıyordu Mert veya ona hissettiği duyguları adına.

Yaşamakta olduğu keşmekeşten uzaklaşmak iyi geliyordu çoğu zaman. Yine uzaklaşmak için planlar peşindeydi. Çok sevdiği kız arkadaşıyla güzel bir yurt dışı planı hazırlamış, biletleri bile almışlardı 20 gün sonrasına. Bu yaptığı onu çok mutlu etmiş, kendisini hayatın akışına bırakmasını sağlamıştı ve inanıyordu ki her şey çok güzel olacaktı.

Her şeyin iyiye gittiğini hissettiği, enerjisinin en tepede olduğu ve iş güç için koşturduğu yağmurlu bir günde buz gibiydi İstanbul. Telefonu çaldı, tanımadığı bir numaraydı, hızla açtı telefonunu iş için olabileceğini düşünerek.

"Nasılsın?" dedi Mert.

O an, Başak için belki de hayatta ki en büyük dönüm noktasıydı. Saniyeler içinde hissettikleri, düşündükleri, titreyen elleri, dolan gözleriyle ne yapacağını bilemez hâlde:

"İyiyim, sen nasılsın?" demeyi becerebildi sadece.

Kalbinin atışını dışarıdan duyabiliyordu ve böyle bir anda yalnız olmak, belki de büyük şanssızlıktı. Ama Mert onu öyle iyi tanıyordu, öyle iyi biliyordu ki yalnız yakalamak en büyük arzusuydu bu yüzden.

"İyiyim bende. Öyle bir arayıp sesini duymak istedim, nasıl olduğunu merak ettim, şaşırttım seni sanırım." diyerek, olmaması gereken konuşmaya devam ediyordu.

Başak arabayı kenara çekti, bunun kocaman bir yanılsama olduğunu, Mert'in kendini hatırlatıp tam olarak "Ben buradayım, beni unutmadın değil mi?" deme şekli olduğunu artık çok iyi görebiliyordu. Önceden inandığı aşkı, sevdiği için ölmeyi bile göze alabileceği, deliler gibi özlediği o adam değil miydi ki onu insanların sözleri ile günlerce ağlatan? O değil miydi Başak'ın kalbini bildiği hâlde, o ilişkide kendisi dışında başka hiçbir insanı gözü görmeyen, tamamen ona teslim olduğu hâlde, her gün kötü sözlerle, küfürlerle itham ederek hayatından fırlatıp atan? Bir anda kendine geldi. İçinde kendisini güçsüz hissettiren o aşk duygusundan çıkıp güçlü olduğu, kendine inandığı ve aslında gerçekleri görebildiği o ana geri geldi, kalbine hükmetti belki de onun karşısında ilk defa kendini toparlayarak güçlü bir sesle:

"İnsanlar, değer verdikleri, önemsedikleri, onlar için bir anlam ifade eden kişileri merak ederler Mert! Ben, artık senin hayatının hiçbir yerinde var olmayan ve mümkünse bir daha da olmayacak olan bir kişiyim. Sesimi duydun, gayet iyiyim hatta mükemmelim. Şimdi telefonu kapatıyorum, sana da hayatında mutluluklar diliyorum. Bir daha lütfen, bu numarayı çevirme, hoşça kal!" dedi ve telefonu kapatır kapatmaz, belki de uzun zamandır hissetmek istediği omuzundaki yükten kurtulma duygusuyla, koca bir boşluk hissiyle bağıra çağıra ağlamaya başladı. Kendini bir kez daha çok sevdi, bir kez daha kendine çok inandı, akıttığı gözyaşlarının her biri için bir kez daha teşekkür etti kendisine çünkü belki de onlar olmasaydı insan bu denli rahatlayamazdı.

Yağmur damlaları arabanın camından süzüldükçe sanki yanaklarındaki gözyaşları ile birleşiyorlar ve içine akıyorlardı. Hani o özlemekten öldüğü, hani o özlemekten ciğerinin söküldüğü, hani o hiç "hayır" demeyi öğrenemediği Mert vardı ya, işte, onu bugün gerçekten defetmişti hayatından ve belki de son bir yıldır kendini hiç bu kadar huzurlu hissetmemişti. Aynayı açtı, yüzüne baktı, yaşlarını sildi, kendine baktı ve gülümseyip şunu söyledi kendisine:

"Başak, sen çok değerlisin! O değerli kalbini taşıyacak herkesi hayatında tut, değerini bilemeyecek kimseyi yanına sokma." dedi ve tekrar gülümseyerek kendine baktı.

Ne kadar güzel bir kadın olduğunu ve bunu, ona hissettirecek bir adamla ömrünü geçirebileceği gerçeğini biliyordu. Sakinleşti, Poyraz'ı aradı ve ona şunu söyledi: "Bir hafta sonu, birlikte ufak bir tatil yaparız belki günün birinde.' demiştin bana Poyraz. Bu hafta sonu için ben boşum, gidelim mi?"

Kadınlık, Allah tarafından bize bahşedilmiş en güzel duygu ve annelikle taçlandırılmış muhteşem bir haz. Allah, her kadına, erkeğe verdiğinden çok daha fazla dayanma gücü vermiştir. Yeter ki gücünüzün sizde olduğunu unutmayın, onu hiç elinizden bırakmayın ve lütfen, kendi değerinizin farkında olup bu değeri size hissettirecek adamları hayatınızda tutun. Unutmayın ki hayattaki rolümüz ne olursa olsun, karşımıza çıkan ve hayatımızda kalmasına izin verdiğimiz tüm insanlar bizim seçimlerimizdir. Seçimlerinizi iyi yapın ve unutmayın ki seçimleriniz, hayatınızın yönünü belirleyecektir.

Tuba Ezici

Kadın, bir gün aklı ve vicdanı arasında kaldığında, vicdanının ayak izlerini takip etmek istedi. Fakat aklı rahat bırakmadı, kafasında kurnazlıktan şato inşa etmişti, aşk ona göre değildi. Hiç ilişki yaşamamış değildi. Mutlu mesut yaşarken canı istemediği için bitirdiği ilişkileri olmuştu. Etrafında lafta, sözde çok arkadaşı vardı ama dost edinemiyordu hiçbirini, bu da onun kişisel tercihiydi elbet. Bir gün bir kız arkadaşıyla ciddi manada kavga etti. Sebep yoktu, yine canı öyle istemişti. Onun da bir gün karşısına vazgeçemeyeceği biri çıkacaktı, elbet, o da aşk acısı çekecekti, o da ağlayacaktı bir gün.

Gün gelip hayatının aşkıyla Türk filmlerindeki gibi otobüs durağında tanıştılar. Hava, tam aşk havası, hafif yağmurluydu. İkisi de aynı duraktan binip aynı durakta indiler ve aynı istikamete yöneldiler.

Adam son derece yakışıklı, yay gibiydi. Evet, evet yay gibiydi ve oku tam hedefinden vurmuştu. Kadın ona âşık olmuştu. Bir şekilde tanıştılar ve adam da âşık oldu kadına. Fakat adam, bir gün terk etti kadını çünkü maymun iştahlı, şımarık, herkesin fazlasıyla değer verdiği bu kadın; bir türlü mutlu olmayan, doyumsuz, şımarık davranışlarıyla sırılsıklam âşık olduğu bu adamı kaçırdı elinden ve sonra avuçlarının içine başını alıp hatayı nerede yaptığını düşünmeye başladı. Pişmanlık parmaklarına kadar indi, fizik ötesi bir olay gerçekleşiyordu. Anladı bunu fakat geç kalmıştı.

Gökkuşağı gibiydi kadın heybesinde rengârenk umutlarıyla. Her renk bir şeyin temsilcisiydi:

Kırmızının kaderiydi mesela, aşkın rengiydi.

Siyah, mecburdu matemi yansıtmaya.

Beyazın boynunun borcuydu saflık.

Mavi mi? Özgürlüktü, kimine göre ise sonsuzluk.

Pembe, pamuk şekerden hayallerdi.

Sarı sıcaktı, buğday başağıydı Anadolu tarlasında.

Mor, mesela buram buram menekşe kokusuydu baharda, camın önünde açan.

Hepsini birden taşıyordu kadın yüreğinde fakat "Ne mi oldu sonunda?"

Varlığından mutluluk duyduğu herkes bir parça aldı renginden.

Şu an gri, yağmur yüklü bir bulut misali…

Kadın değil miydi dünyadaki en ağır acılara dayanan? O, bir doğum sırasında yetmiş kemiğinin aynı anda kırılmasının acısına dayanıyordu ama hayal kırıklıklarına dayanamıyordu. Canı yanıyordu. Hayattaki tüm planları, neşesi, sevinci, kederi, mutluluğu olan sevdiği adam üzerine kuruluydu onun. Her an, her saniye, her dakika, her saat çok özlüyordu sevdiğini. "Hayaller..." diyordu kadın, "Hayaller..." Gerçek olması umuduyla tüketilen ömürler...

Kadın hayalleri seviyordu. Aslında hayallerinde seviyordu adamı. Gerçek olurlar mı, olmazlar mı orasını hiç düşünmüyordu. Saf, tertemiz, dupduruydu hayalleri. Ne mi oldu? Birer birer kırıldı. Şimdi ise her şey olabildiğince gerçekti. Duygu yok, kalp yok, seven var fakat sevilen yoktu.

Adam, aslını göstermeyecek kadar iyi rol yapıyordu. Mesleğinin ne olduğunu tahmin etmişsinizdir: Evet, yavşaklıkta doktora tezini suçsuz günahsız kadınlara sunuyor ve geçer not alıyordu. Çok kadının kalbini çalıp, daha sonra da kırıp yerlere atıyordu. Sonra üstünde yeni sevgilisiyle halk oyunları oynuyordu. Huy mu, mizaç mı, karakter mi? Hayır hiçbiri değil. Şerefsizlik, yavşaklık, adilik aradığımız sorunun tam olarak cevabı, evet, buydu.

Kadın, bıkmıştı artık çünkü kurtulamıyordu boşandığı adamdan. Çocukları için, çocuklarının babası olduğu için sürekli tahammül etmek zorunda kalıyordu ama nereye kadar tahammül edecekti? Kadın çok yorgundu çünkü yaşananlar artık onu bitirmişti. Bir yere yığılmak istiyordu ama çocukları için sabrediyor, güçlü kadın görüntüsünü bozmamak için çok çabalıyordu. Aslında biliyordu kadın, bir gün inşa ettiği, o güçlü kadın görüntüsü yıkılacaktı ama yine de direniyordu çünkü direnmek zorundaydı sonuna kadar, çocukları için. Adamın yüzünü görmeye, hatta sesini duymaya bile tahammülü yokken çocukları için katlanıyordu bu duruma.

Tahammülü kalmamıştı artık kadının. Nasıl sevebilirdi ki o kadar yaşanandan sonra, o kadar hakaretten sonra, o kadar psikolojik şiddetten sonra? Evet, kadın bu yüzden tahammülsüzdü adama karşı. Adam dünyayı yaksa umurunda olmazdı artık kadının. Çünkü kadın gitmişti, bitmişti artık. Bir erkeğin bunu anlaması, bu kadar zor mu peki? Neden adam da gitmiyordu ki? Sevgi bu muydu? Hayır, sevgi karşılıklı olmalıydı, paylaşılmalıydı kadın için. Ama adam öyle düşünmüyordu maalesef. Sürekli son hamlesini yapar gibi uğraşıyordu kadınla bıkmadan usanmadan. Senelerce yaşadığı, hayatı paylaştığı kadını hiç tanımamıştı maalesef. Kadını asıl üzen de buydu aslında, senelerce o adamla, bir yabancıyla yaşamaktı. Kadın, çok gururluydu, evet, hak etmediklerini yaşamıştı ve bu yüzden hiçbir şey olmamış gibi hayatına devam edemezdi. Olanı olduğu gibi kabul görmek istiyordu ama maalesef, hiçbir zaman kabul ettiremedi bunu ne adama ne de hayatındakilere. Ama yine de yıldıramadı adam kadını. Kadın o kadar güçlü ve öyle güzel bir anneydi ki illa biri yıldıracaksa kadını, bunu sadece çocukları yapabilirdi.

Hayata tutunmak…

18 yıl önce, üniversite yıllarında kesişmişti bu dört kadının yolu hayatın onları nereye götüreceğini bilmeden. Ada ve Özge liseden arkadaştı, Özge, Deniz ve Nur ise üniversiteden arkadaşlardı. Her birinin ayrı bir hayat hikâyesi vardı. Deniz, üniversiteye başlamadan iki yıl önce annesini kaybetmişti. Ada, ders ve okulla alakası olmadığı için liseyi bırakıp açıktan bitirmişti. Nur, Kıbrıs'a okumaya gidip, bunalımlı hâlde geri dönerek Özge ve Deniz'le yollarının kesiştiği üniversiteye gelmişti. Özge ise genellikle ailesi şehir dışında olduğu için uzun soluklu yalnız yaşamalara alışkındı. Bir yandan da başındaki ağabeylerinden korkarak hayatını sürdürmeye çalışıyordu. Hayat onların yolunu bir şekilde kesiştirdi ve her ne yaşarlarsa yaşasın, hiçbir zaman kopmadılar.

Beraberce, belki şimdi cesaret edemeyecekleri, çılgınlıkları yaptılar. Birbirlerinin omuzunda ağlarken birbirlerinin gözyaşlarını sildiler. Yeri geldiğinde ellerine maşa alıp birbirlerine anne ve abla oldular.

Aralarında en erken evlenen Özge olmuştu. Okulu bırakmaya karar verip ailesinin tanıştırdığı biriyle hayatını birleştirmişti ya da birleştirmek zorunda kalmıştı. Evlilikleri güzel gidiyordu, belki de Özge için bir kaçış olmuştu.

Eşi, işinden dolayı sürekli şehir dışına gidiyordu. Tabii arkadaşlar durur mu? Hemen hemen her fırsatta bir araya gelerek, hep beraber kalarak bolca gıybet, sohbet, muhabbet yapıyorlardı.

Nur ve Deniz okullarına devam ettiler, hatta Nur okul döneminde, ailesinden ayrı eve çıkmıştı ve Deniz de haftanın çoğu gününde onda kalıyordu. Ada ise sevdiği, âşık olduğu adamla evlendi. Onun da bir kızı oldu, o da eşinin işi dolayısıyla sürekli şehir değiştiriyordu. Nur, okulu bırakıp, aile mesleğine yönelerek yolunu çizdi. Deniz okula devam etti ve okulu bitirdi. Nur da evlendi ve onun da bir kızı oldu. Özge, eşinin yanında olabilmek için başka şehre taşındı. Deniz, iki ciddi ilişki yaşayarak evliliğin eşiğinden döndü ve aralarındaki tek bekâr oydu. Evli olanların evliliklerinde iniş çıkışlar yaşandı. Ada, kumardan kopamayan kocasından boşanma kararı aldı ve boşandı. Özge aldatıldı ve bu süreçte dostlarından farklı bir şehirde olmak onu çok yordu. Uzun bir boşanma sürecinden sonra boşandı ve sevdiklerinin olduğu şehre döndü.

Hep beraber bir gün, bir gecede evi yerleştirdiler. Bakalım Özgeyi ve çocuklarını yeni hayatında neler bekliyordu. Bu arada Nur da eşiyle evleri ayırdı ve uzun bir süre geçtikten sonra boşandılar. Deniz hâlâ evlenmemişti. Deniz, arkadaşlarına "şen dullar" diyordu. Hepsi birbirinden güçlü bu dört kadın, hayatın onlara getirdiklerinin üstesinden beraberce gelebiliyorlardı.

Özge, kendine yeni bir hayat kurma hayalleriyle, umutlarıyla geldiği şehirde çok kısa yaşayarak geldiği yere geri dönmek zorunda kaldı. Her şeyi çocuklarıydı ve onların iyiliğini düşünmek öncelikli göreviydi. Dostlarından, can yoldaşlarından ayrılacak ve yalnız kalacak olmanın verdiği his ve mutsuzlukla küçücük olan o şehre geri dönmenin derin sızısını yaşıyordu yüreğinde. Başka bir yolu vardı belki ama ani karar vermişti. Kendisi için çok zor olsa da çocukları için katlanmak durumundaydı. Gittiği şehirde de bir iki dostu vardı. Yalnız bırakmıyorlardı. Yeri geliyor, gecenin bir yarısı ağlayarak arıyordu kızları; yeri geliyor, güçlü olduğunu hissetmek, kendini motive etmek için arıyordu, yeri geliyor, bu yaşadıklarından dolayı ailesini suçluyordu. İçinden çıkamıyordu, mücadele edecek gücü kalmamıştı. Ama kendine yeni bir hayat çizmek zorunda olduğunun da farkındaydı.

Geçecekti, iyi ya da kötü bir şekilde geçecekti. Sihirli bir değneğe ihtiyacı varmış gibi hissediyordu. Her şeyi bir anda iyileştirmek ve güzelleştirmek istiyordu. Sabırsızdı. Fazlasıyla sabırlı olmaya ihtiyacı vardı. Dostlarını yanında istediği her an, görüntülü arıyordu. Konuşmasalar da arıyordu ve sadece izlemekle yetiniyordu. Hani, bazen insan başkalarıyla susmaya ihtiyaç duyar ya, işte, bunu mesafeleri kenara koyarak varlıklarını hissetmek için yapıyordu. İçinde kırılanlar ne enerji ne de istek bırakmıştı. Hayatı ucundan tuttu diyelim, peki, hayat onu ne zaman tutacaktı? Aslında gözünün önünde hayata tutunan ve yaşadıklarına rağmen, her ne olursa olsun hayatı bırakmayan dostları vardı. Dostları, onun her zaman hayatın bir ucundan, köşesinden tutması için yanındaydılar. O hayata ne kadar tutunursa hayat da ona yardım edecek, beraberce güzelleştireceklerdi bir şeyleri.

Bir kadın "Kaybettim." demez, sonuna kadar direnir ve "Geri verdim." der. Kadın dediğin, şu hayatta ya kalbine alır ya da kale almaz bazılarını. Ortası olmaz kadında. Kadın, üzülmek yerine akıllanmayı tercih eder. İşte o zaman "kadın gibi kadın" olur ve korkulur o kadından. Kadın, geride bıraktıklarına asla bakmaz, zerre umurunda olmaz arkasında bıraktıkları. Eğer bir kadın sevmekten vazgeçtiyse seni, sen artık en fiyakalısından bir hiçsindir onun nazarında. Çünkü adam gibi sevmeyi beceremeyen adamlar, bunu yaşamaya mahkûmdur. Sonra o adamlar kırdığı, kırarken önemsemediği kadınlara muhtaç kalır. Kadın için en keyiflisi de budur işte! O zaman daha bir güzelleşir kadın, daha bir güçlü hisseder kendini.

Daha önce kimse kalbimde bir cumhuriyet kurmamıştı. Sen, o güzel yeri kaybettin. Kendi kentini yıktın. Şimdi yersiz yurtsuz da olsan "gönül denen sarayımda" bir oda vermem sana.

Şerefine içilecek bir şerefin kalmamış artık senin!

Sen, bir insanın ne kadar alçak olabileceğinin beden bulmuş hâlisin.

Nasılsa güzel hayaller kurmuş, senin uğruna şiirler yazmış, dünyayı karşıma almışım.

Bir kadın bir erkeğin yokluğunda önce ölecekmiş gibi can çekişir, sonra da o acıları hiç çekmemiş gibi hayatına devam eder. Bak, ben de artık hayatıma devam ediyorum.

O acıları çekeli çok oldu. Bir kat daha giyindim güç zırhımı.

Eskiden olsa birine bakışın içimi parçalardı, şimdi başkasına ait oluşun bile gram acıtmıyor canımı. Sana öldü içim. Sana soldu baharım. Sana tükendi sevgim.

Artık yorulduğunda gelecek bir durağın yok. Yok oldun sen de.

İstanbul'un kıyısına uzansın yalnızlığım. Hatta yalnızlıktan gebereyim ama kalbine düşmeyeyim bir daha.

Hayallerinizde büyüttüğünüz adamların gerçek büyüklüğünü gördüğünüz zaman, yüreğinizdeki zelzelenin şiddetini hiçbir alet ölçemez. Kadın böyle düşünüyordu ve son derece haklıydı bence. Anne nasihatiydi ona, kadının para pul, mal mülk, mevki hırsı ona her şeyi yaptırırdı. Evet, evet... Hırslı kadınlar, şan şöhret uğruna her türlü şeyi mübah görürlerdi kendilerine. Boşuna dememişler: "Adamın kadın görmemişinden, kadının para görmemişinden korkacaksın." diye. Haklılardı doğrusu, fazlasıyla haklılardı. Onları haklı çıkaranlar da para uğruna tüm iffetini feda edebilen kadınlardı.

Kadın, adamın kalbinde ne kadar vardı, neredeydi, ne seviyedeydi? Hep bunu merak ediyordu içten içe ama alacağı cevap, göreceği manzara ona, "Keşke, bunu hiç merak etmeseydim." dedirttirdi. Sonuç: Tam bir hayal kırıklığıydı. Evet, ben de sizlere mutlu sonla biten, hep iyilerin kazandığı masallar anlatmak isterdim ama olmuyor, olmuyor bir türlü, olmuyor. Bazı masalların sonlarında gökten üç elma düşüyor ama onlar muradına ermiyor, bizler de kerevetine çıkmıyoruz. Evet, kadın çok seven taraf oluyordu hep ve garip olan neydi biliyor musunuz? Bu aşk masallarında iyiler ödüllendirilmiyor, daha da kötüsü, kötüler de cezalandırılmıyordu. Oysa efsanelere uygundu her şey. Olağanüstü olaylar, olağanüstü kahramanlar tarafından anlatılır. Gerçek hayatta yaşanması mümkün olmayan olaylar gerçekleşir masallarda. Masallar, hep kalıplaşmış bir tekerlemeyle başlar. "Bir varmış bir yokmuş." gibi…

Hayatımıza giren herkes ebedi kalmıyor ömrümüzde. Nitekim bazıları çöplük sever. Gittiği kişilerden kalitesini zaten anlarsın. Oturup onu kaybettim diye üzülme. Şükret, hayatında ki bir çöpü daha çöplüğe verdin.

İnsanlar kendisini güzel pazarlıyor. Yapmam etmem, gitmem diyenlerin hatalarıyla dolu kalbimiz.

Güçlü ol.

Sağlam bassın ayakların.

Gidenin ardından elbette üzüleceksin. Kadınsın ya emek vermişsin. Senin olacak diye düzeltmişsin. O da senin sadakan olsun.

Küsme kendine ve salma kendini.

Bir insanın varlığıyla var olmadın onun yokluğuyla da ölmeyeceksin.

Bunu tanıman gerekiyordu ve tanıdın. E gerçek yüzünü de gördün.

Yüreğin ağır gelmişse bir adamın omuzlarına gider. Hak ettiğini alır o güçlü görünen zavallı omuzlarına.

Kabullen.

Evet bu süreç her zaman sancılı geçer.

Ama bir süre sonra yeniden doğacaksın.

Keşke böyle olmasaydı dediğin ne varsa iyi ki olmuş diyeceksin.

Belki hayatında kötü bir insan tanıman gerekiyordu ve tanıdın.

Tecrübe edinmen gerekiyordu edindin.

Bak gör daha da güçlü savuracaksın saçlarını. Kahkahaların her yerden duyulacak.

Sen kaybetmedin, kaybedildin.

Bir adamın karşısına güzel seven, sorgusuz sualsiz teslim olan kadın bir kez çıkar. Ve onu da kaybetti. Bırak bundan sonrasını o düşünsün.

Kalp senin, yürek senin. Sen dileğini en güzel şekilde yine seveceksin.

Sadece zamanı var.

Karşına güzel bir insan çıkmadı diye sen değersiz olmuyorsun ki.

Vakti gelince güzel sevileceksin.

Umudun göğsünde yeniden yeşerecek.

Âşık olmam dediğin noktada tekrardan öyle bir âşık olacaksın ki geçmiş aklına bile gelmeyecek.

Tekrar koşacak içindeki kız çocuğu.

Bahar gelince toplayacaksın ektiğin tüm çiçekleri.

Yine saçlarını tara ve bak aynaya.

Ben güçlüyüm, de.

Kimseden medet umma.

Geçmişi düşünüp kendinde hata arama evvela.

Sen sadece sevdin.

Kendin için sevdin ve şimdi kendin için unut.

Umudunu bahara sakla.

İnsanlarla arana mesafe koyma.

Bir meyve çürük çıktı diye bir daha o meyveyi yemeyecek misin?

Boş versene. Hatalar en güzel kadınlara yakışır.

Böyle böyle güçlü oluyoruz biz.

Şimdi bir sokağı gülüşünle yeniden rengârenk boya.

Onlar yedikleri içtikleri ayrı gitmeyen iki dosttu. İlkokulda başlayan dostlukları ortaokul, lise ve sonrasında da devam etti. Kardeş gibilerdi. İlk aşklarını, ilk kalp kırıklıklarını, ilk platonik aşklarını beraber yaşayarak birbirlerinin omuzlarında teselli buldular. Anneleriyle paylaşamadıklarını birbirleriyle paylaştılar. Çağla ve Nazlı yirmili yaşlarda, çok özgür ve hızlı yaşıyorlardı.

Çağla, Önder'e âşık oldu ve kendisini, ayaklarını yerden kesen bir ilişkinin ortasında buldu. Nazlı ise her ne kadar dostu için sevinse de içten içe bastırdığı hasetliği su yüzüne çıkmaya başlamıştı. Birlikte zaman geçirdikçe Nazlı, yaşadığı hayatın ve en yakın arkadaşının kendi kontrolü altında olmamasını kabullenemiyor, sadece yaptığı kötülükleri düşünür olmuştu. En yakın arkadaşını olmadık yanlış bilgilerle dolduruyor, Önder'i de kendi tarafına çekip bir yakın arkadaş gibi her durumda yanına koşuyordu.

Çağla'yla Önder'in ayrılmasını fırsat bilen Nazlı, Önder'e fazlasıyla yakınlaşıp onun yaşadığı duygusal boşluktan faydalanmayı planlıyordu. Ne de olsa Nazlı, tanıştığı andan itibaren Önder'den etkileniyor ve kendisine kardeş gibi gördüğü Çağla'nın Önder'le olan yaşadığı aşkı bir türlü kendisine yediremiyordu. Nazlı her zaman her istediği onun olan ve istediğini elde etmek için hırstan beslenen bir kızdı.

Önder'den ayrıldığı dönemde Çağla, her şeyden habersiz, arkadaşıyla görüşüp dertleşmek istiyordu. Ama Nazlı her defasında bir bahane bulup arkadaşına vakit ayırmıyordu. Arkadaşına ayırması gereken vakti Önder'in yanında geçiriyordu. Nazlı kendisinin fazlasıyla etkileyici olduğunu ve her erkeği elde edeceğini düşündüğü için Önder'in ona daha fazla karşı koyamayacağından ve onun da Nazlı'nın etki alanına gireceğinden emindi.

Birgün, yine beraberlerken Nazlı, Önder'in dudağına minik bir öpücük kondurarak onun aklını karıştırmayı başardı ve bu öpücük daha da büyüyerek ateşli bir hâle geldi ve bedenleri birleşti. Nazlı amacına ulaşmıştı ve bu yaşadıklarının devam edeceğini Önder'e hissettirmişti. Nazlı, her fırsatta Önder'i arıyor ve onunla görüşüyordu. Sonuçta karşısındaki bir erkekti ve ihtiyaçları vardı ancak Nazlı, Önder'in kendisine âşık olduğunu düşünmesine rağmen Çağla'yı çok özleyen ve onsuz yapamayacağını düşünen Önder, Çağla'yı arayarak onunla görüştü ve kendisini affettirdi. Nazlı, Çağla ve Önder'in ilişkisinin yeniden başlamasından habersiz, Önder'e ulaşmaya çalışıyordu. Önder, yakın arkadaşı Engin'le Nazlı ile aralarında geçenleri paylaşmıştı ancak Engin'in bu yaşananları Çağla'ya ileteceğini düşünmüyordu. Bu arada Nazlı yeniden Çağla'ya ulaşarak görüşmek istediğini söylediğinde Nazlı ile Önder ilişkisinin yeniden başladığı duymak yüzüne bir tokat gibi çarpmıştı. Evet, büyük bir hırsla elde ettiğini düşündüğü adamı aslında hiçbir zaman tam anlamıyla elde edememişti aksine kullanılmıştı. Önder'in arkadaşı Engin, Çağla'nın bu çirkin durum ortasında kalmasına dayanamadı ve en yakın arkadaşının onun arkasından çevirdiği işleri ona anlattı.

Evet, Nazlı Önder ile yatmıştı! Çağla bunu Önder'e sorduğunda Önder inkâr edemedi fakat Nazlı ise hep inkâr eden taraf oldu. Çağla, Önder'den ayrıldı, Nazlı'yı da tamamen hayatından çıkardı. Nasıl bir dost kazığı yediğini hâlâ hazmedemiyordu. Hayat ona yirmili yaşlarda dostu tarafından aldatılmayı en acı biçimde tecrübe ettirmişti.

TEŞEKKÜRLER

Bu kitabın her sayfasında, her satırında,
her kelimesinde hayat var; hayattan izler var,
yani sizler varsınız; ben varım, yaşadıklarım var;
yaşananlar var, yaşayamadıklarım var.

Bu yolu yürürken arkamda duran,
tökezlediğimde elimden tutup ayağa kaldıran,
bana ilham veren isimsiz kahramanlarımın
her birine sonsuz teşekkürler.